JN059760

山田光美
YAMADA MITSUYOSHI

幻冬舎MC

シウカラ

序章

アトランティスとレムリア。

対立の構図は、この時代にまで遡る。

物質文明を開花させたアトランティス。

精神文明を育んだレムリア。

この2大文明の相剋の歴史は長く根深い。

1万2千年前。

この星に大惨事が降りかかる。

巨大な隕石の衝突だ。

凄まじい衝撃が

大津波となって駆け巡る。

陸地という陸地はほぼ水没。

陸地に生息していた生物は絶滅。

2大文明も滅びたかに見えた。

しかし……

それぞれの文明に属する者たちは

それぞれの方法で生き延びる。
ある者たちは空中に浮かぶ舟に。
またある者たちは地底都市へ。

地表に静けさが戻ると
双方の文明の継承者たちは、
ふたたび文明を築き始める。

物質文明の継承者は、大西洋の島々で。
精神文明の継承者は、太平洋の島々で。

各々のＤＮＡに書き込まれた
遺伝子情報をもとに。

物質文明の血脈の継承者は
体格もよく好戦的。

精神文明の血脈の継承者は
小柄で和を重んじる。

劣等感。あるいはコンプレックス。

もしもどちらかが
そんな感情を抱くとするなら。

体格も劣り、物質的にも豊かではない
人々のほうだろう。

だが、実際にそんな「負の感情」を
抱き続けてきたのは

物質文明の継承者たちなのだ。

繰り返される

開拓という名の略奪。

近代化という名の侵略。

民主化という名の現状変更。

戦争の戦利品。それは……

国土や資源だけではない。

その国の歴史までをも簒奪（さんだつ）する。

つまり人類史とは戦争の勝者の歴史にほかならないのだ。

●

「Congratulations！Mr.Sakakibara」

一連の儀式を終え、耳の奥への簡単なオペを済ませると、副所長のウォーレンは「タツ」に握手を求めてきた。

「君の耳に埋め込んだ超小型イヤホンは、最新テクノロジーの粋を集めて作られたものだ。これで君は正式に我が研究所のメンバーだ」

そして「タツ」の身体を引き寄せると耳元でささやいた。

「よろしく頼むよ」

「Thank you so much! boss」

タツが旧文部省に入省した一九八七年は、
この惑星にとって、太陽系にとって特別な年だった。

ハーモニック・コンバージェンス。

惑星同列。太陽の周囲を公転する惑星が一直線に並ぶ現象だ。

それがなにを意味するかはわからない。
どんな現象が起こるのかもわからない。

ただその現象を知る人々は、各々の信ずる神の下に集い
この星の平和と安寧を祈った。

●

物事には必ず「表」と「裏」がある。
それは、国家や組織にも当てはまる。

王立歴史問題研究所もまた例外ではない。
表向きは、戦争回避のための
シンクタンク。しかしその裏側は……。

不都合な歴史の書き換え、あるいは抹殺。
目的達成のためには手段を選ばず。
それが彼らの流儀なのだ。

第一章

トゥルルル……トゥルルル。

スマートフォンが呼び出し音を発している。留守電にも切り替わらず呼び出し音が10回を超える。寝てるのかな、そう思って一瞬切ろうかとしたとき、ガサゴソとしたノイズとともに耳慣れた声が聞こえてきた。

「も、もしもし……あ……」

「なに慌ててるんだよ。もしかしてカノジョと取り込み中だったか?」

「い、いいえ、カノジョなんかいませんよ。出ようとしたらスマホ落としちゃって。大丈夫です。こんなに早くからどうしたんですか?」

「なに寝ぼけてるんだ。もう11時だぞ。早くないと思うけどな」

「あ、ホントだ。すいません。明け方まで仕事してたもんで」

「忙しいんだな」

「いえ、そういうわけじゃないんですけど。夕べ、つまんないことで手こずっちゃって」

「トラブルか？」

「でも、もう解決しました」

「よかった。仕事を手伝ってくれないか？」

「お、仕事ですか。待ってました。最近パッとしない仕事ばかりでクサクサしてたんですよ」

それまでの眠そうな声から一転して、いつの間にか声が弾んでいる。

「それで、クライアントはどこですか？　S社、M社、それとも…」

「いや、そんなメジャーな会社じゃない。和菓子屋だ」

「和菓子屋ですか、シブいっすね」

「それがな、ちょっと妙なんだ」

「なんですか、妙って……」

「一応、仕事なんだが……いまから来れるか？」

「はい。大丈夫です」

「詳しいことは来てから話す」

電話を切ると葛城光一（かつらぎこういち）は、ひとつため息をついた。啓二（けいじ）のやつまた徹夜か。ウェッブデザイナーってやつは因果な仕事だな、と思った。

「小太郎（こたろう）、コーヒーをもう一杯たのむ。あ、それと……啓二が来るまでの間、例の資料を集めておいてくれないか？」

光一はそう言って席を立つと、自らも参考になりそうな文献を探し始めた。この事務所の書棚は「カツラギ図書館」と揶揄され、仕事仲間の間でも評判になっている。本業はコピーライターであるにもかかわらず、広告やマーケティング関連の書籍はほんのわずかで、歴史、物理、科学などの一般的な学問書、神道・仏教・キリスト教などさまざまな宗派の研究書、さらにはこの国から偽書のレッテルを張られた古文書類とその関連の書籍、いわゆる眉唾もののトンデモ本にいたるまで、その蔵書の量とジャンルの広さには目を見張るものがあるからだ。特注で設えられた書棚には、いったいどれくらいの書籍が並んでいるのか、本人も把握しかねている。

老舗の和菓子屋からの仕事の依頼は、光一にとっても意外なことだった。これだけの蔵書を抱えながら、和菓子に関しての資料は正直言って皆無に等しい。

迂闊だったな。光一は声にならない声で呟いた。なにか手がかりとなる文献はないものか。探していると、一冊の本が目にとまった。光一はその本を手に取り、ソファに腰を掛け、パラパラとページをめくっていった。

●

「うー、寒いっすね」

天野啓二がやってきたのは、電話を切ってから1時間足らずのことだった。ダウンジャケットを着込んで、ニット帽をかぶり、首まわりにはマフラーをぐるぐる巻きに巻いている。足元は編上げのトレッキングシューズ、パンツもどうやらユニクロの暖パンらしい。どこからどう見ても防寒対策は完璧だろう。しかし真冬とはいえ、東京都内のいで立ちとしては少々大げさに見えて可笑しかった。ミシュランのキャラクターみたいだな、光一はそう心の中で思った。

「ずいぶん早かったな。寝起きだったんだろ」

「自宅、学芸大っすよ。タクシー飛ばせばすぐですよ。これでもシャワーを浴びて軽く食ってきたんですから」

そう言いながら、どんどん身に着けていたものを取っていく。そして瞬間、動きが止まったかと思うと、思いきりくしゃみを連発した。よく見てみるとまだ髪の裾あたりが湿っているようだ。

「おい、風邪ひくなよ」

啓二がテーブルをはさんで向かい側のソファに腰をおろすと、間髪をいれずに光一が話し始めた。

「じつはな、この会社なんだ」

光一は、A4のクリアファイルをテーブルの上に置きながらそう言った。

「ツ、ツルカメドウ……総本家……」

「知ってるか?」

「いえ、全然知りません」

「オレも名前を知っている程度だ。先週ここの社長からいきなり電話がかかってきた」

「社長じきじきにですか」

「ああ、声の感じからすると若そうだった。オレの本を読んで連絡してきたらしい」

「あ〜、あの本をですか。へえ〜、変わったルートですね。広告の依頼なのに葛城光一の名前を知らないなんて業界に疎いんですね」

このコトバに光一はいっさい反応せずクライアントの説明を始めた。

「その資料によると関東を中心に30店舗ちかく支店があるらしい」

「そんなに大きいんですか。でも、鶴亀堂なんて知らないなぁ。少なくともこの近くにはないですよね。で、どんな依頼なんですか？」

「ホームページの制作とeコマースのシステム環境構築だ」

「ホームページのリニューアルってことですか？」

「いや、まったくゼロからの制作だ」

「え、いまどき、自社サイトを作っていないんだ」

「どうやらそのようだな」

「珍しい会社もあるもんですね。30店舗も支店があるスケールなら、自社サイトがなくちゃいまの時代やっていけませんよ」

「よっぽどのんびりしてるか、考え方が古いかどっちかだろう」

そのとき、自分のデスクで調べ物をしていた小太郎が、プリントした用紙を手にして二人の会話に加わってきた。

「光一さん、ネットで調べたんですけど、なかなかヒットしませんね」

「それはそうだろ。ウェッブサイトさえないんだからな」

「完全にネット社会からはみ出していますね」

やれやれといったニュアンスで啓二がコトバをつなぐ。

「で、仕方ないんで和菓子業界のことといろいろ調べてみました。和菓子の歴史って、けっこう古いんですね。室町時代あたりから続いている和菓子屋が数件あります。いちばんメジャーなのが『とらや』、そして『塩瀬総本家』。そして鶴亀堂……」

「え、この和菓子屋、そんなに古いの？」

「650年の歴史だそうですよ」

「650年前っていうと何時代になるの？」

「室町時代だ。この資料によると足利将軍家にまんじゅうを納めていたらしい」

「めっちゃ古いじゃないですか。あの足利氏がまんじゅうを食っていたなんて意外だなぁ」

「いまの社長は、いったい何代目になるんだろう。啓二、足利氏のことで知っていることは？」

「たしか、金閣寺を建てた……」

「ずいぶん大ざっぱだな」

「いまは『ツルカメドウ』って言っていますけど、昔は『ツルギドウ』って言っていたらしいですよ」。小太郎がもたらした情報に光一が反応した。

「え……。『ツルギドウ』だって」

「はい。少なくとも江戸時代まではそう呼んでいたって」

「なるほど……」

光一はそういうと目を閉じて腕を組んだ。

●

何の前触れもなくミサエが訪ねてきたのは、啓二との打ち合わせを終え、アシスタントの雲居(くもい)小太郎と三人で雑談をしているときだった。彼女が現れるときはいつもいきなりだ。なんの連絡もなく、こちらの都合も考えず忽然と現れる。

空間に散逸していたミサエの粒子が、ある意思のもとに集合し、物質化する。そんな出現のしかただ。

「ミサエさん、今日はどうしたんですか？」

「おや、啓二もいたのかい。この近くで仕事があったもんだから寄ってみた。あんたたちまたなにか企んでいるんだろ。顔に描いてあるよ。なんの相談だい」

「人聞き悪いな。単なる仕事の打ち合わせだよ」

「おやそうかい。ま、どうでもいいや。はい、お土産。ねえ小太郎、熱いお茶でもいれておくれよ」

そう言いながら、ミサエは紙包みを小太郎に手渡した。

「へえ、土産持参で来るとは珍しいこともあるもんだな」

「なに言ってんだい。いらなきゃいいよ、あたしが全部食べるから。それよりさ、今日はあんたにお祝いを言いに来たんだよ」

そう言うとダウンのロングコートを脱ぎながらソファに歩み寄り、啓二の隣に腰をかけ、マフラーを外しながら話を続けた。

「送ってくれた本、読んだよ。なかなか面白い内容じゃないか。あんた昔から歴史好きだったからね。これであんたも立派なもの書きだ。じゃんじゃん書いて、いろんな秘密を暴露してやっておくれよ」。ミサエはそう言いながら自分のバッグの中をごそごそとかきまわしている。それを見ていた光一はそれが何かを察して、先回りしてこう言った。

「ミサエ、悪いんだが、ここ禁煙なんだ」

「そんなことわかってるよ。なにさ、まったく。自由に煙草も吸えやしない。不自由な世の中になったもんだよ」

そのときだった。キッチンでお茶を淹れていた小太郎が興奮した声で叫んだ。

「光一さん！」。声のするほうに全員が振り向いた。

小太郎は三人の視線を一身に集めながら、ミサエが持ってきた紙包みを光一たちの前のテーブルに置いた。

「ほら、これ……」

「あ……」。コトバを飲み込んで、啓二が目を丸くしている。

包み紙に印刷された店の名前を見て光一と啓二は、口を揃えていった。

「鶴亀堂じゃないか」

「なに驚いてんだい。あんたたち、和菓子屋の包みがそんなに珍しいのかい」

「いやそうじゃないんだ。じつはいま話していたのがこの店の仕事で……」

「ははぁ、そういうことかい」と言って、ミサエがいわくありげな表情を見せながら続けた。

「啓ちゃん知ってるかい。こういうのシンクロニシティっていうんだよ」

「シ、シンクロ……」

「そう、シンクロニシティ。あんた、そんなことも知らないのかい。光一、教えてやんなよ」

そう話を振られた光一は、少し間をおいてから話し始めた。

「シンクロニシティとは、日本語では『共時性(きょうじせい)』だ。簡単に言えば『意味のある偶然の一致』というところかな。カール・グスタフ・ユングという精神科医が提唱した概念だ」

「『意味のある偶然の一致』ですか。つまり、これには意味があるってことですか……」

「ハハア、やっぱりなんかあるねぇ、これは」

「え、なにがあるんですか？」

「匂うんだよ」

「やだなあ、ミサエさん。おどかさないでくださいよ」。啓二が身を乗り出して反応している。

「でもずいぶん古風な包みですね。いまどき竹の皮にくるんであるなんて」

「竹の皮って、ねえ、あんた。それ、経木（きょうぎ）っていうんだよ。まったくなんにも知らないんだねぇ、最近の若いもんは」。そう言って啓二を睨んだ。

「それよりさ、鶴亀堂総本家といやあ、あんた老舗中の老舗だよ。それこそ江戸時代より前からあるって話だ」

「どこで買ってきたんですか？」

「どこって、そこの広尾の商店街で買ってきたんだよ。ほら、鍵の字に曲がったあたりにあるお寺の並びの……」

「え、どこっすか。あったっけ」

「あるよ、昔から。ほら、花屋があって、三味線屋があって……」

「えー、あったかなぁ。光一さん、あのあたりにありましたっけ」

「オレも気づかなかったな。あの辺はよく昼飯を食いに行くんだけどな」

話をしている間、小太郎が気を利かせて大きめの皿に和菓子を盛りつけてきた。

「これ、この四角いのはなんていうんですか？」

「きんつばも知らないのかい。情けないね。これからここの仕事するんだろ。大丈夫かねぇ、まったく。いいかい。ついでに教えておくけどこれは道明寺。こういうのは練り切りって言うんだ。それで、これがみたらし団子」

「しかし、どれだけ買ってきたんですか？」

「和菓子屋いくとさ、つい迷って買い過ぎちゃうんだよ」

そう言いながら、ミサエは自ら小皿に乗せた道明寺を小器用に切って口に運んだ。そしてさらに続けた。

「それにしても時代なのかね〜。和菓子のこともろくに知らない日本人が増えてるなんてさ。だんだん消えてなくなっちまうんじゃないかね。腕のいい和菓子職人がどんどん減ってるっていうしさ。だいたい、近頃の若いもんは……」

ミサエからこのフレーズが出ると話が長くなる。光一はこのパターンをいやというほど経験してきた。光一との交流は古く、学生時代にコピーライターの養成講座に通っていたころからのつき合いだ。若い受講生ばかりの教室の中でミサエは群を抜いて異質だった。年齢不詳、奇抜なファッション、鍼灸師という職業。当時から何もかもが謎に包まれていた。そもそもなぜ鍼灸師が広告コピーに興味を持ったのか。疑問に思い、ミサエに聞いてみたことがある。「コトバのからくりが知りたくてさ」。不思議な理由があるもんだと感じたのを光一はよく覚えている。

正確な年齢はいまもわからない。ただ、話す内容から察するに、光一より20歳以上年長であることはたしかだった。

「光一だって、昔はなにも知らない若者だったんだよ」。ミサエはお茶のお代わりをすすりながら光一の出した本の話に飛び火した。光一は、みたらし団子をほおばりながらミサエの話をだまって聞いていた。

「それがいまはどうだい。いっぱしに本なんか書いちゃってさ。まあ、私からいわせりゃまだまだ内容が浅いけどね。これからどんどん書きゃいいんだよ、世の中のいろんなからくりを暴いてやってくれよ、ねえ作家先生」

最初は若者全般へ向けての愚痴めいた話だったが、次第に光一の本の話へと切り替わり、やがて4個目の練り切りを食べ終えたころ、ようやく火が消えたように静かになった。まったりとした沈黙が空間にひろがる。和菓子のやわらかな甘みがそんな時間を連れてきたようだった。

それまでソファに深く沈みこんで何かを考えていた光一が、ポツリとつぶやいた。

「見えていなかったのかもしれないな」

そして、また沈黙。一瞬の間があって、啓二が思いがけない声のトーンで聞き返してきた。

「え、見えていないってなにがですか」

「和菓子屋だよ。広尾の商店街にあるという鶴亀堂だ」

「え、でも、見えてなかったって……」

「ふだん通っているのに気がつかない。そこにあるのに見えていない。つまりそれはオレの中では存在していなかった……」

「存在していないって、どういう意味ですか……？」

「誰もがみんな、同じものを見ていると思うか？」

「そういわれると……」

「ミサエには見えていて、オレには見えていなかった。同じ景色でも人によって違って見えるってことだ」

「なるほど」

光一はようやく深く腰掛けていたソファから起き上がり、さらに続けた。

「たとえばこのきんつばだ。おまえはいままでこれが何かを知らなかった。つまり啓二が見ている世界にはきんつばは存在しなかったということになる」

「はあ、それはそうかも……」

「モノをモノとして認識するためにはなにが必要だと思う？」

「え、それは……。コトバ……。あ、もしかして……ナマエ……」

「そう、名前だ。名前は、モノとしてつなぎとめておく鎖のようなもの」

「そうかぁ。こいつはきんつばの名のもとにわが啓二ワールドにデビューを果たしたってわけだ」

啓二は感慨深げな表情で手に取ったきんつばを見つめている。そのときミサエは不意に啓二の手にあったきんつばを奪い、それを仰々しく持ち上げながらこう言った。

「いいかい、啓ちゃん。こうやってきんつばを手に持って、なくなれ、なくなれって呪文を唱えるだろ。そうすると……。ほら、ひえへ……しはふ……」

ミサエは手に持ったきんつばを一気に口の中へ放り込むとおどけた顔でこう言った。

「やだなあ、ミサエさん。からかわないでくださいよ。まじめに聞いてたんですから」

ふとミサエを見ると、口をもごもごさせて苦しそうにもがいている。

「大丈夫か？　小太郎、水を持ってきてやれ」。光一はやれやれといった口調でそう言った。

●

翌週の月曜日、光一と啓二は上野にある鶴亀堂本店ビルの社長室にいた。

「はじめまして、葛城です。こっちがウェッブデザイナーの天野啓二です」

「はじめまして。守屋（もりや）と申します」

守屋龍太郎（りゅうたろう）。縦書きで大きく印字された名刺と本人をさりげなく見ながら光一は「若いな」と思った。いくつなんだろう。オレより年下か。仕立てのよさそうな三つ揃えのスーツを着ている。正統派の英国スタイルだ。うまく着こなしてはいるが、光一にはなにか思いきり背伸びをしているように感じられた。名刺交換をすませると、席を勧められそれぞれが座った。

「じつは……。これからお話しする内容はすべて、外部には絶対に漏らさないようにしていただきたいのです」

「はあ、それは……」。いきなりのかん口令に、啓二が面くらったように言い淀んだ。

「お約束していただけますね」。若い社長は真顔できっぱりといった。

「はい、わかりました。その点については安心してください」

「お仕事の話とは別に、もう一つお願いがありまして」。こうした話の成り行きをある程度予測していた。それはコンタクトを取ってきた道筋が、自分の本からであると聞いていたからだ。

「じつは生前、私の父がこの本の著者に連絡を取れと……」

そう言うと、一冊の本をテーブルの上に置いた。

「これは……」。啓二はその本を見ると、隣に座っている光一の顔をのぞき込んだ。置かれた本は、光一がつい先月上梓したばかりのものだった。

「父は、この本にいたく関心を寄せているようでした」

「いま、生前とおっしゃいましたね……」

「はい、亡くなりました」

「亡くなった……。すみません。失礼しました」

「いえ、構いません。しかし……」

「しかし、なんですか？」。言い淀んでしまったのを見て、啓二がコトバの続きをうながした。

「私は、父の死に疑問を抱いています」

思いもよらぬ話の成り行きに啓二は戸惑っていた。光一の顔をうかがうが、ひとつも動揺していない様子を見て、啓二もふしぎと腹が据わった。

「疑問というと……」。落ち着いた口調で光一は、向かいに座る若い社長に問いかけた。

「私は間違いなく誰かに殺されたと思っているのですが、警察は自殺だということで簡単に処理してしまいました」

「誰かに殺されたと感じるのは」

「自殺の理由にまったく思い当たる節がないんです。そもそも父は自殺なんかするような性格でもないし、そんな精神状態でもなかったですから」

「亡くなっていたのはどんな状態で……」

「自分の書斎のドアノブにひもを架け、首を吊って死んでいました」

「警察には何度も訴えたのですが、この件は解決済みだと取り合ってくれません」

一瞬、三人の間に沈黙が流れたがその沈黙を嫌うようにさらに続けた。

「書斎は荒らされてはおらず、なにもなかったように整然としていました。そんな状況もあって当初から警察も自殺と決めてかかっていたようです。それで……」

そう言いながらテーブルに置かれた本を手に取り、しおりの挟まっているページから紙片を取り出し、光一の前に差し出しながら話を続けた。

「机の片隅に葛城さんがお書きになったこの本が置いてあり、しおりが挟まっていました。そのしおりの裏にはこんなコトバが……」

手にとって見ると、紙片の裏に縦書きではっきりとした筆跡で、ある文字が書かれていた。啓二は、光一に手渡されたしおりをのぞき込み、疑問を口にした。

「あれ、カタカナだ。なんなんですかこの呪文みたいなコトバは？」

「もしかしたら葛城さんに連絡を取れといった理由は、このコトバにあるのではないかと思いまして。情けない話ですが浅学な私には何のことやらわかりません。葛城さんならその意味がわかると思いまして連絡した次第です」

「ヒエタノアレモコロサレキ……。この文言の冒頭に出てくる稗田阿礼（ひえたのあれ）は、『古事記』の編纂を助けた人物だといわれている」

「『古事記』の編纂……。その名前、どこかで聞いたような……」。社長は記憶をたどるようにつぶやいた。

「歴史の教科書に出てきたはずです。男か女かも不明な謎の人物。『古事記』以前に書かれた文献をすべて暗誦していて、口伝で伝え、それをもとに太安万侶が編纂したと伝えられている」

「つまり、そのヒエタノアレという人が殺されたと……」

「そういうことになるな」

「このメモでなにかを伝えようとしていたんですかね」

「さあ、わかりません。いまは、まだ……」

●

数日後、光一と小太郎、啓二の三人は例の和菓子屋のホームページとeコマースのシステム構築の打ち合わせを終え、いつものように行きつけの「おみち」で飲んでいた。

「しおりが挟んであったあのページに意味があるんじゃないですかね」

「オレもそう思って、帰ってからそのページを読み直してみた」

「なにかわかりましたか？」

「ああ、とくに関連するような内容は書かれていなかった。あのページの内容が直接守屋さんの父親の死に関わっているとは思えない。やっぱり……」

「やっぱり、なんですか？」

「ヒエタノアレモコロサレキだよ」

「え、やっぱり、あの文字に意味が……」

「知りすぎた者は消される……。歴史の裏側を少しでも覗いたことのある人間なら、誰しもがそう翻訳するだろうな。つまり稗田阿礼は『古事記』以前に存在した古代文字に精通していたと同時に、この国の歴史の真実を知っていた。それをもとにして『古事記』を編纂した後、知りすぎていたがゆえに消されたと……」

「ちょっと待ってくださいよ。いま歴史の裏側って言いましたよね。歴史に表とか裏なんてあるんですか？」

「ああ、表の歴史は全部ねつ造されたといってもいいだろう。真実の歴史は隠されている。少なくともオレはそう思っているよ」

「なんかヤバい雰囲気になってきましたね」

「ヒエタノアレモコロサレキ。この短い文章は、本来こんなカタカナで書かれていたものではない。九州の高千穂連峰、クシフル岳。その山中にいつの時代のものかわからない古い石碑が建っていて、そこに解読不能な文字で書かれていたというんだ」

「解読不能な文字……。それはいったい……」

「神代文字の一種だ。日本には、大陸から漢字が渡ってくるはるかに以前から文字が存在した。その中の文字で碑文は刻まれていたというんだ」

「ほえ〜、すごい展開になってきたぞ」

啓二は興奮気味にそういうと熱燗を2本注文した。

そのとき、店の扉がガラガラと開いた。振り向かせずにはおかない強いオーラ。そんな気配を感じた光一たちは一斉に戸口に視線を送った。するとそこに村上琴音（むらかみことね）が立っていた。

「うー、寒い。うふふ、やっぱりいましたね」

そういうとまるで待ち合わせでもしていたかのようにさりげなく三人が座るカウンターに腰掛けた。

「琴音。どうしてそんなに鼻が利くんだ？」

「どうしてでしょうねえ。生まれ持った嗅覚というか。あ、おみちさん」

厨房の奥からこの店の女将であるおみちさんが顔を出したとき、琴音にウィンクをしたのを啓二が目ざとく見つけた。

「あ〜、なんなんですかそのウィンク。あやしすぎるぞ、二人とも」

「ふふふ、男の子には関係ない女同士のヒミツよ。はい、琴音ちゃん」といいながら、小ぶりな土鍋を琴音の前に置いた。

熱いおしぼりで手を拭くと、琴音はさっそくふたを開け声を上げた。

「わあ〜、美味しそう。いっただきま〜す」

「お、ふぐ雑炊。座った瞬間にふぐ雑炊って。まるでイリュージョンだ」

「なるほど。女同士のホットラインだな」

「うまい。アツアツだけにね」

村上琴音も光一や啓二と同様、広告代理店「創造」のかつての同僚だ。といっても琴音はいまも在籍している。

あの巨大コンツエルン村上グループの令嬢といえば、絵に描いたようなお嬢様だ。その上、屈託のない天真爛漫な性格、華やかなオーラを放つその容姿によって、「ミス創造」の名を欲しいままにしているのだが、本人は一向に意に介さない。

琴音はふうふういいながら半分ほど食べ終えると、光一たちの顔を順番に覗き込みながら鼻をクンクンさせ、意味ありげな表情で口を開いた。

「ふむふむ、これは匂うな。事件の匂いがするぞ」

好奇心で目を輝かせている琴音に、光一はさりげなく話しかけた。

「なあ、琴音。鶴亀堂って知ってるか？」

「鶴亀堂って、和菓子屋さんでしょ」

「知ってるのか」

「当り前ですよ、私のおばあちゃんが大好きで、よくお茶会を開くときに特別に注文してましたから。鶴亀堂のどら焼き大好き。え、もしかして鶴亀堂のお仕事なんですか？」

「まあな」

「えー、いいなあ。それじゃ鶴亀堂の和菓子食べ放題ですね。わたしもいっしょにお仕事した〜い」

「バカ。そんなに甘いもんじゃない」

「あ、またおやじギャグ」

「そうそう、そう言えばその鶴亀堂の社長さん、亡くなったんですってね」

お燗を運んできた女将が話に加わってきた。

「おみちさん、どうしてそれを……」

「私も鶴亀堂さんの和菓子が好きだから……。たまたま新聞を読んでいたら死亡記事が目に入ったのよ。急死だったらしいわね、テレビに出てらしたときはお元気そうだったのに」

「え、鶴亀堂の社長さん、テレビに出てたんですか？」

「そうよ。知らないのも無理ないかもねぇ。昼間の番組だから」

「どんな番組ですか」

「ほら、『話の小箱』よ、もう何十年も続いてるじゃない。司会の草柳松子さんがお茶をなさるらしくて、いつも鶴亀堂の和菓子を愛用していたんですって。その関係で出演してもらったって。和菓子の老舗、鶴亀堂の……。えーと、なんていったかしら……」

「守屋龍心（もりやりゅうしん）」

「あ、そうそう。なんかお坊さんみたいな名前よねえ」

「それで、どんな話だったんですか？」

「うーん、よく覚えてないけど、茶道のこととか、お茶菓子の話とか……。あ、そうだ。じつは漢字は日本人の祖先が発明したとか、日本人や日本語のルーツのこととか……。最後なんか白熱してきちゃって、人類の起源がどうとかって話してたわよ」

「もしかしてそれって、光一さんが書いた本の中にも同じことが……」

琴音がそう言ったにもかかわらず光一は反応せず考え込んでいた。

女将は奥の客に呼ばれて場を外したが、そこにいた誰もが光一の次のひと言を待っていた。やがてぐい飲みの酒を一気に飲み干すと、ようやく口を開いた。

「つまりテレビのインタビュー番組に出演した直後、先代社長は何者かに殺された、と。話の断片をつなぎ合わせるとそういうことになるよな」

「え、殺されたって、だれがですか？　もしかしてその守屋さんと言う人？」

琴音が好奇心で目をキラキラさせながら身を乗り出してきた。琴音の好奇心に火がつくと、もう手には負えない。まるで駄々っ子のように騒ぎ始める。

「光一さん、いいんですか？　かん口令……」。啓二が釘をさす。

「かまわない。琴音はスタッフの一員だ」

光一は、他言は無用の前置きをし、声のトーンを少し落としながら説明を始めた。

「息子の若社長の話によれば、先代社長は自宅の書斎で首をつって死んでいたという。たぶん店のイメージもあるから、マスコミには病死だと発表したんだろう。問題は自殺のしかたなんだ。書斎のドアノブにひもをかけて死んでいた。その姿勢だとほとんど上半身の重みだけで首をつることになる。若社長が目撃した印象ではあまりにも不自然だし、自殺の動機がどうしても思い当たらないと。警察は詳しく調べもしないで自殺と断定してさっさと処理したというんだ」

一気にここまで話すと、光一はぐい呑みの酒を飲み干してからさらに続けた。

「そして彼は、死ぬ間際にあるコトバを残したんだ……」

「それが、光一さんが書いた本の間に挟まっていたんですよ」

「その人、光一さんの本を読んでいたんですか。で、そのコトバって……」

「ヒエタノアレモコロサレキ」

「ヒエタノ……。なんですかそれ、なにかの呪文みたい。でも、ヒエタノアレってどこかで聞いたことがあるような……。あ、そうだ、確か『古事記』の……」

「琴音ちゃん、知ってるんだ」

「常識ですよ、な〜んてね。学校で習ったとき、ヘンな名前だな、って思ってずっと覚えていたんですよ。ヒエタノアレですよ、日本人じゃないみたい。それに男なのか女なのかもわからないし」

「そんな名前、学校の教科書に出てきたっけ。たまたま学校休んだときかなぁ」

琴音と啓二の会話を黙って聞いていた光一は、ひとり言のようにぼそりとつぶやいた。

「見ておいたほうがよさそうだな……」

「えっ、なにをですか？」

いままで話していた二人が光一に向きを変え、きれいにハモりながら聞いた。

「先代社長が亡くなっていたという書斎だよ」

●

数日後、光一は日暮里駅からほど近く、谷中霊園に隣接した閑静な住宅街の一角にある古びた屋敷の前に立っていた。

大きく「守屋」と書かれた表札。その表札がはめ込まれた古びた門柱にはツタが絡まり、よほど近づいてみなければ読み取れない。

「まるで鎮守の森だな」。光一は、おおい隠すように鬱蒼とした木立の奥に建つ屋敷を眺めながらそう呟いた。いまはまだ冬枯れの木立だが、草木が繁茂する季節には、こんもりとした森の様相を呈するに違いない。代々続いているという老舗の和菓子屋の社長宅だから、ごく自然に和風の屋敷を想像していたのだが、予想に反してクラシックな洋館とは。光一はこの事実にも意表を突かれていた。

気を取り直して呼び鈴を鳴らす。すると、すぐにインターホンから聞き覚えのある声が聞こえた。

「いま開けますので、入ってきてください」

言われるままに、ゲートをくぐり内玄関まで歩みを進めた。玄関の扉が開き、例によってスリーピースをきちんと着こなした若社長が出迎えた。そうか、この館なら似合うな。光一はそう感じた。

クラシックな洋館を背景にすると彼のスタイルが妙になじんでいる。

「迷いませんでしたか?」

「いえ、すぐにわかりました」

「わざわざお越しいただいてありがとうございます」

吹き抜けの開放的な玄関に入ると、いかにも上質な皮革でできたスリッパを勧められ、ひとり館に上がった。


「こちらです」

よく磨きこまれた廊下には、冷気とともに独特の古びた匂いが漂っている。

よく見ると玄関扉やげた箱の扉の表面には、装飾の文様が刻みこまれている。なかなかに凝ったつくりであることは廊下を歩いているだけで感じ取れた。

長い廊下を奥へと進む。一度左に折れ、次に右に曲がった廊下のどん詰まり。若社長は、奥まった部屋の重厚な木の扉の前で光一に振り返るとようやくコトバを発した。

「最近の父はほとんどこの部屋にこもりきりでした」

そう言われて部屋に一歩入った瞬間、光一は思わず息をのんだ。広さにしてざっと30畳はあるだろうか。屋敷全体の構造から考えて離れとしてつくられているようだ。高い天井には大きな明かり取りの窓があり、冬の陽光がやわらかく差し込んでいた。広さもさることながら光一が瞠目したのは、周囲を取り巻く壁という壁に天井まで届くかというほどのつくりつけの書棚。そこにはぎっしりと書籍が埋め尽くされていた。

「書斎というよりも、まるで図書館ですね」

「はい、稀少本もかなりあるようです」

光一は興奮を隠しきれなかった。部屋の真ん中に立ちつくし、360度ぐるりと見渡した。

部屋の片隅には、脚立が置いてある。これもまた特注品なのだろう、書棚の上方にある丈夫そうなパイプに接続されていて、キャスターで360度自由自在に動かせるものだった。

「この部屋、八角形ですね」

「わかりましたか。父がこだわりにこだわってつくりあげた書斎です。この八角形には深い意味があると言っていました。屋敷自体は祖父が建てたものらしいのですが、この書斎は父が自ら図面を引いたと聞いています」

書棚に近づいてみると、印字されたタイトルが目に飛び込んでくる。

「これは……」。光一はそうつぶやいて息を呑んだ。

「私にとって興味深い本ばかりです」

「きっとそうなのでしょうね。あなたの本を読ませていただきました。父がふだんから語っていたことと同じようなことが書いてある。それで父はあなたに会っておきたかったのでしょう」

「最近のお父上はいったいなにを調べていたのでしょうか？」

「さあ、わかりません。私が物心ついたときから父は本に囲まれていました。ふだん無口な父がときおり話す内容は私にはむずかしすぎて。話し相手としては物足りなかったのでしょう。ただ、最近……。妙に機嫌がよくて……。それだけに、余計自殺なんて……」

守屋氏は上機嫌だった、ということは何かをつかんだのか。光一はとっさにそう思った。

自分にも記憶がある。探し求めていた真実を見つけたときの喜び。深夜であろうが小躍りしたくなるような瞬間がある。誰かに話したい、誰かと喜びを共有したい。そんな気持ちになった夜が何度もあった。

真理を解き明かす多くの文献を渉猟（しょうりょう）するのは、骨の折れる孤独な作業だ。それはまさに大宇宙が描かれた壮大なジグソーパズルに挑戦しているような感覚だ。一つのピースをはめ込んだときの快感は何ものにも代えがたいのだが、しかしそれも単なるワンピースの発見にすぎないのだ。そんな探究者が上機嫌だったという。取り組んできたジグソーパズルの絵の全体像が見えてきたということか。いったいなにをつかんだのか。会っておきたかったな、光一は改めてそう思った。


我に返って、入ってきた扉に視線を送りながら質問した。

「亡くなっていたのはこの扉ですか？　ドアノブの位置がふつうより高いですね。それに、これだけ頑丈なつくりの扉なら人間一人の重さにも耐えられる」

「はい。アキ子さんが最初に発見しました。あ、家事の手伝いをしてくれている……」

「お手伝いさんですね」

「はい、お手伝いというよりも家族のような存在で」

「なるほど」。相槌を打ちながら光一は思った。

「それにしても……」

「そうなんです。どう考えても不自然だと思いませんか？　首をつって自殺を図るなら、脚立のパイプとか他にもっと適当な場所がある。いくら頑丈なつくりだとしても、扉のドアノブを使うなんて……」

「この扉の他に出入り口はありますか」

「はい、こちらの扉から庭に出られます。ただ、発見されたときには内側から鍵がかかっていました」

光一は腕を組んで考え始めた。

「殺人だとするなら、まるで絵にかいた密室殺人ですね」


「すみません。私は会社に戻らなければなりません。アキ子さんが、いま近所に用事で出ていますがすぐに戻ります。葛城さんのことは伝えてありますので、ご自由に調べてみてください」。若社長はそう言い残すと書斎を出ていった。

初めて訪れた他人の家。家人が出払い、一人取り残されるとさすがに心細い。やっぱり啓二か小太郎を同行させればよかった、と少し後悔した。

光一はもう一度書斎を見渡した。いったい何冊あるんだろう。1万か、2万か……。いやそんな数ではない。そう思いながら眺めていると、書棚の一角がふしぎと気になり、吸い寄せられるように近づいていった。ちょうど目の高さのあたり、きっと頻繁に取り出せるように収められたのだろう。その中から題名に見覚えのある一冊の本を取り出した。

『契丹古伝』。光一も数年前に読破していて、なじみのあるタイトルだった。厚さが7、8センチはあるだろうか。簡素な装丁の復刻版で、光一の自宅の書棚にも同じものが収められている。ページをパラパラと繰ってみると、おびただしい数の付箋がつけられていた。きっと何度も読み返したのだろう。ページのヘリはすり減り、付箋にはそれぞれに短い書き込みが見受けられた。

大正15年に初版刊行のこの書籍は、正式には「日韓正宗遡源（にっかんしょうしゅうそげん）」といい、浜名寛祐（はまなひろすけ）という軍人が従軍先の奉天郊外のラマ教寺院の僧侶から奇妙な巻物を見せられたところから始まる。現地でこれを書写した浜名寛祐はその後帰国し、十年の歳月をかけて研究。漢語解読の才に長けていた浜名は、日韓古語の研究からその解読に成功し、ついに『契丹古伝』（日韓正宗遡源）を発表した。

『契丹古伝』の原本は、10世紀に東丹国（契丹の分国）の耶律羽之（やりつうし）によって撰録された漢文体の歴史書だ。

この本にはじつに驚くべき事柄が記されている。明治から大正にかけての旧かなづかい、しかも漢文混じりの文章は、いかに読書家の光一といえどもかなり難解な文献だった。そこに書かれていた内容は、なんと我々日本人の祖先にあたるある民族の歴史だった。

光一は、本の世界からふたたび現実に戻った。もう一度書棚に目を移すと、一般に「古史古伝」として括られている文献がずらりと並んでいる。「古史古伝」とは、日本の古代史の公式資料とされている『古事記』と『日本書紀』の内容とは著しく異なる歴史を伝える文献の総称だ。こうした「古史古伝」はいまのところ、アカデミズムの主流からは偽書とみなされている。『竹内文書（たけのうちもんじょ）』『宮下文書（みやしたもんじょ）』『九鬼文書（くかみもんじょ）』『上記（うえつふみ）』『三笠記（みかさふみ）』『秀真伝（ほつまつたえ）』『カタカムナ文献』『東日流外三郡誌（つがるそとさんぐんし）』『桓壇古記（かんだんこき）』などの原書、さらにはこうした文献にかかわる関連書がずらりと並んでいた。

興味の対象が同じじゃないか、と光一は思った。ここにこもって読み漁りたいものだ、と思った。会って話してみたかったな、と書斎の主の死を悔やんだ。

光一は、この書斎の主が愛用していたデスクに向かい、よく使い込まれた座り心地のよい椅子に腰掛けた。やわらかな陽の光が、この部屋の空間にただよう微細なチリを照らし出している。椅子の背もたれに寄りかかり、やがて目を閉じて思考の中へ入り込んでいった。

読書家、研究家にとってはまさに理想の環境だ……。

いや、物思いにふけっている場合ではない。オレはここに手がかりを求めに来たんだ。

光一は我に返ると、改めてあたりを見回した。

まさか警察のように指紋や遺留品を調べるわけにいかないし……。

ましてやそんな道具やノウハウもないし……。

オレはここにきてなにを確かめたかったんだろう……。

もしも本当に殺されたのなら、その原因はなんなのだろう……。

誰かが殺したのだとしたら、なぜ自殺と見せかけなければならなかったのか……。

それに、なぜあの暗号めいた文字を残したのか……。

自らの死を予感してのことなのか……。

じゃ、誰にあてて……。

亡くなる直前、オレに会いたいといっていた……。

もしかしてオレへのメッセージ……。

もしかすると身に危険が迫っていることを誰かに伝えたかった……。

と同時に、オレへの警告も……。

大量の古書が放つ匂いが先ほどから鼻腔をかすめている。目を閉じているとなおさら嗅覚が研ぎ澄まされる。古書から発せられる饐(す)えたような匂いは嫌いではなく、光一にはむしろ心地がよかった。

「遅いな」

光一は、ふと我に返って思わずひとり呟いた。若社長がいっていたアキ子さんというお手伝いさんの帰りが遅いことに気がついた。その人が帰ってくるまでは、帰るわけにはいかない。待ち人の存在が意識に浮かび上がってきた瞬間、時間の流れが少しだけ早まったような気がした。

しかし……。このあと予定があるわけではないし。

光一は、待たされているという感覚を転換させ、この書斎にある蔵書をくまなくチェックするチャンスだと受け止めた。

きちんと整理された書棚を見ていると、この書斎の主の几帳面さがうかがえた。ジャンル別に整理されている。最初に目にとまった日本古代史の棚、その隣には世界の先史文明関連、スピリチュアル関連、チャネリングもの、アセンション論、錬金術、陰謀論、宇宙論、量子論、プラズマ宇宙論、古神道関連……。

れっきとした学術書からやや怪しげな文献、さらにかなり怪しげな文献にいたるまで。

上には上がいるものだ、と光一は思った。光一がいままでに読破した量に比べるとゆうに数倍以上はあるだろうか。読みたかったけれどどうしても見つけられなかった書籍、見つけたけれども高価すぎて入手できなかった古書がごく平然と並べられていることに驚きを隠せなかった。

ふと大きなデスクの片隅に目をやると、仕事の書類らしきものと一緒に数冊の本が積み上げられていた。最近の興味の対象はこれか。光一はそうつぶやいて、いちばん上の本を手にとってタイトルを見た。

『アイヌ叙事詩』。日本列島に古くから住むアイヌ民族の間で口承で伝承されてきた叙事詩だ。確かポイヤウンペという青年が活躍する奇想天外な戦記物だ。パラパラとページを繰りながら物思いにふけっていると、書棚のどこかでコトッと音がした。

かすかな音だったが、光一は聞き逃さなかった。

そう言えばこの部屋は時計の音が聞こえない。きっと集中して読書をするために時計の音さえ排除したのだろう。

光一は椅子から立ち上がり、音のしたほうの棚に近づいていった。棚の上のほうの分厚いスクラップブックが並ぶあたり。そこは、備えつけの梯子がなくては届かない場所だった。見上げるとほぼ一冊分だけぽっかりと隙間が空いている。確かあのあたり……。光一は梯子を移動して登り、その一冊分だけ空いた隙間の奥を覗いてみた。なにも気配を感じない。せっかくここまで登ったのだからと、目の前のスクラップブックを取り出そうとしたときだった。

小さな黒い影が素早く書棚の奥に逃げ込むのを目撃した。

その大きさからいって昆虫の類ではないようだ。書斎の主が飼っていた小鳥か、あるいはハムスターのような小動物が逃げ出したのではないか。光一はそう考えてコミュニケーションをとってみることにした。

「チチチチ……」

そもそも意思の疎通がはかれるかどうかわからない相手だが、できうる限りおびえさせないように穏やかな音で誘ってみる。

「キキキキ……」

分厚いファイルとファイルの間、その奥になにかが潜んでいるのは確かだった。

光一は息をひそめてしばらく様子を見ることにした。すると、その小さな影はようやく観念したように、ものかげから顔を覗かせた。

光一はその姿を見て驚いた。身長20センチほどだろうか。フワフワとした透明感のある服を着た少女が目の前に現れたからだ。

「失礼ね、私、ネズミじゃないわ……」

「ごめん、まさか人間だとは思わなかったから」

「人間でもないわ」。少女はすねたように言う。

「じゃ君はなんなの。座敷わらし……。いや書斎に住み着いているから書斎わらしかな」

「あなたホント失礼ね。全然わかっていない」。そう言われて光一は少しあわてたが、心の動揺を気取られないように落ち着いた口調で質問した。

「じゃ、キミは誰なんだい」

ここまで会話を交わしてやや警戒を緩めたのか、少女は服についたほこりをはたき、書棚のヘリにちょこんと座って応えた。

「龍クンの好奇心よ」

「好奇心……。龍クンの……」。その答えが光一には意外だった。コトバの意味がよく飲み込めない。この書斎の主である先代社長の好奇心の化身……。ということか。戸惑っていると少女はふたたびコトバを発した。

「だからそう言ってるじゃない」「い、いや意外だな、と思って」

「なにが意外なのよ」「老人の好奇心にしてはカワイすぎる……」

そういうと少女は少しはにかんだしぐさを見せた。しかしそれを隠すように強い口調で言い返してきた。

「あなた、好奇心をなんだと思っているの。好奇心は歳をとらないのよ」

「好奇心は歳をとらないか。確かにそうだね」

そういってからしばらく沈黙が流れた。少女は書棚の縁で、足をぶらぶらさせながら口を開いた。

「でも、龍クン突然死んじゃったからなァ。私、つまんない」

「龍クンって、いつもそう呼んでいたの？」

「呼び合ったりしないわ。だって龍クンと私はひとつだから」

「一つ、聞いてもいいかな」

「あなたって意外と礼儀正しいのね。どうぞ」

「龍クンはどうして死んだの」

するると、少女は突然顔を曇らせてぼそりとつぶやいた。

「殺されたの……」

「誰に……」

「鬼の心を持った人間」

「やっぱり殺されたんだ。龍クンはどうして殺されたと思う？」

「わからないわ」。少女はそういうと力なくため息をつき肩を落とした。

「龍クンはほんとのことを知ろうとしていたの。私はそれに付き合っていただけ。あなたもかなりの知りたがりね」

「わかるの？」

「わかるわよ。龍クンとおんなじだもん」

「そうなんだ」

「私、そういう人間が大好きなの。知りたい知りたいってその人が思うと、私までわくわくしてうれしくなって、いろいろ助けてあげたくなるのよ」

「ところでキミ、名前は？」

「名前なんかない。すぐに名前を聞くのがあんたたち人間の悪いところだわ」

「でも名前がないと不便だよ」

「好きに呼べばいいわ」

「そういわれても困るよ」

「うーん、じゃあなたがさっきからずっと持っている本。そう、それ。ユーカラだからユカって呼んで」


「あ、アキ子さんだわ。私、あの人苦手なの」。そう言って書棚の奥へと逃げ込む少女に向かって光一はささやいた。

「あ、ちょっと待って。もう一度会えるかな」

「いいわ。あなたなら」

少女は一瞬振り向いてそう言うと、暗闇の中へと消えていった。


ほどなく誰かが扉をノックする。

「はい」。光一は返事をするのがやっとだった。「すみません。すっかり遅くなってしまって」。アキ子さんと思われる女性が慌てた様子で入ってきたとき、梯子に登ったままの光一は仕方なくその状態でばつの悪いあいさつを交わした。

●

翌朝、光一はいつものように事務所に啓二を呼び、打ち合わせに入る前に昨日のできごとを報告した。ただ、書斎で会ったふしぎな少女のことはまだ伏せておくことにした。

エアコンがかすかな音を立てて室内の空気を適温に保っている。蒸気で曇ったガラス窓に目をやると、外の景色はいかにも寒々としていた。

「社長の自宅、予想に反してクラシックな洋館だったよ」

「あー、そう来る?」。そう言うと啓二がニヤニヤしている。

「どうしたんですか。いきなりのおやじギャグ……」

啓二の意外な反応に光一は少し面食らった。

「え……」

「和菓子屋の社長の自宅は、やはりヨウカンでしたか……」

「あ……」

啓二に指摘されて、光一は思わず苦笑した。

「光一さんでも気づかないことあるんだ。珍しいっすよね」

「いや、いろいろと考えていたもんだから」

「で、なにかわかりましたか？」

「わからない。ただ……。若社長と同じようにオレも不自然だと感じた。現場は屋敷の離れで、中庭に接する窓のセキュリティはすべてオンになっていたという。つまり完全な密室状態だ。他殺だとすれば犯人は、書斎の扉から堂々と入り、堂々と出ていかなければならない」

「それって、至難のワザですよね」

「扉から入って来られる人物。考えられるのは顔見知りの犯行という線だ。あるいは身内の犯行というのもまったくゼロとは言いがたい」

「そうか。あの若社長だって疑おうとすれば疑えるわけか」

「それに、お手伝いさんが犯行を手引きしたという線だってあり得る」

「なるほど。それなら正面から堂々と入ってこられますね」

「それをだ。警察がすぐに自殺と断定して処理したことが解せない」

「最近はあまりにも血なまぐさい事件が多いから警察も手が回らないんじゃないですかね」

「あれを簡単に自殺として処理しているとなると、警察はあまりにも多くの殺人犯を見逃していることになるぞ」

「警察も信用できないなんて、怖い世の中になってきましたね。いったいわれわれの身は誰が守ってくれるんだ、まったく」。吐き捨てるように啓二が言う。光一は首の後ろに組んでいた手をほどき、意をけっしたかのように正面を見据えてコトバを発した。

「オレは、オレなりのやり方で真相を追いかけてみようと思う」

「ボクも手伝いますよ」

光一は小さくほほ笑んでうなずくと、小太郎にコーヒーのお代わりをリクエストした。


ふと気がつくとコーヒーの芳ばしい香りがふたたび室内を満たしている。

「そう言えば……」。啓二が何かを思い出したように言った。

「その書斎、荒らされていたんですか？」

「いや、何ごともなかったかのように整然としていた。それも自殺と断定した理由の一つなんだろう」

「じゃあ、何かなくなっていたとか？」

「それはわからない。書斎の主でなければ……あ……ちょっと待て。バインダー。あのとき物音が聞こえて」

「バインダーですか」

「バインダーが10冊ほどきれいに並んでいた。その棚にほぼ一冊分だけ隙間が……」

小太郎が淹れたてのコーヒーを運んできた。光一は専用のマグカップを手に取り、気を落ち着かせようとひと口すすった。

「迂闊だったな。あのときお手伝いさんが入ってきて気が動転していたんだ。啓二、もしかしたらお手柄かもしれないぞ。とにかく手がかりがもう一つ見つかった。もう一度あの屋敷に行ってスクラップブックの行方を確かめないと」

そう言うと光一はひと口コーヒーをすすり、若社長から預かった本のしおりを手にして、さらに続けた。

「それに、これだ。ヒエタノアレモコロサレキ……。書斎の主が書き残したというあの文字だ。きっとなにかを伝えたくて残したのに違いない」

光一は一瞬、遠くを見るような視線になり、なにかを思い立ったように我に返って続けた。

「啓二、依頼された仕事のほうは、例の線で進めておいてくれ」

「光一さんはどうするんですか」

「オレか」。そう言うと、小太郎に視線を送りながら続けた。

「ちょっと九州まで行ってくる」

第二章

指定しておいた時間はとっくに過ぎている。羽田空港国内線出発ロビー、4番時計。混雑しているコンコースをときおり見まわしながら、光一は明らかに苛立っていた。

「やっぱり誘わなければよかったかな」

「――もうそこまで来てます」

心の中で呟くと小太郎からすかさず返事が返ってきたので思わず後ろを振り返ってしまった。

コトバを発しない会話。ミサエに言わせれば「耳デンワ」だ。小太郎が上京したときから二人で続けている会話だ。最初は井の頭線の電車の中、耳の奥へ直接語りかけてきたのは小太郎のほうからだった。慣れれば簡単ですよ。小太郎はこともなげにそう言い放った。あれから1年。いまではすっかりコツを覚え、使いこなしている。ただし交信相手はまだ小太郎とミサエだけだ。

「あ、来ましたよ、あそこ」。小太郎に言われて振り返ると、手を振りながらこちらに走ってくる女性が目に入った。見覚えのあるゴールドの大きなトロリーケースを引いている。

「光一さ〜ん」。よく通るその声に周囲の人までが何ごとかと振り返って見ていく。

「なんだか映画のワンシーンみたいですね」。小太郎がからかってくる。

「バカ。あいつ。大声で叫ぶな」

光一と小太郎の目の前でようやく立ち止まった琴音が息を弾ませながらこう言った。

「ごめんなさい。渋滞にはまっちゃって」

「言い訳はいい。早くチェックインしろ」

「ハーイ」

琴音は舌をペロッと出してそう返事をすると自動チェックイン機へと向かった。旅慣れているのか、その後の琴音の行動は迅速だった。素早く荷物を預け終えると手荷物検査とボディチェック。すべてクリアすると涼しい顔で追いついてきた。

しかしフライト時間はもう20分後に迫っている。ゲートでは、搭乗案内が始まっているころだ。

「どうしてもっと早く言ってくれないんですか。昨日の今日だなんて急すぎます」

「オレも急に思い立ったもんだから。しかし、結果こうしてここにいるんだからよかったじゃないか」

「休み取るの大変だったんですからね」

「それにしても荷物、デカ過ぎないか」

「前のやつはキズがついちゃったから新しいの買ったんですぅ。荷づくりだってたいへんだったんだから」

「どうしてもっと身軽に旅ができないのかな」

「女にはどうしても必要なものがあるんです」。琴音はそう言ってそっぽを向いた。

「やれやれ。やっぱり誘わなければ……」

「なにか言いました？」「いやなんでもない」

●

早朝の便を避けて予約を入れたためか、機内は思いのほか空いていた。光一は窓際、小太郎は席を一つ空けて通路側、琴音は一つ前の列の窓際に座った。

「光一さん、鹿児島になにがあるんですか？」。前のシートに座った琴音が思いきり後ろを振り返り、興味深々な様子で聞いてきた。光一は静かな口調でこう答えた。「暗号の解読だ」。

そのコトバに琴音が食いつき、身を乗り出してさらに質問をぶつけようとしたとき、キャビンアテンダントに席に着いて座席ベルトを着用するように促され、仕方なくそれに従った。

これは話しておかなければならないかな。光一はそう思った。このままでは琴音の好奇心は限りなく膨らんでいくばかりだ。そうなると質問攻めにあいうるさくてならない。過去の経験からそれを痛感している。

光一たちを乗せた機はスムースに離陸して高度を上げ、座席ベルト着用のサインが消えた。自分と小太郎の間の席が空席なのを確認した光一は琴音に声をかけ、自分の隣に席を移すよう促した。琴音は喜々としてそれに従った。

「さあ、それで……」。座席ベルトを締め終えると腕まくりの仕草で光一の顔を覗き込んできた。

「琴音さん、すごい意気込みですね」。小太郎が横で笑っている。

「さて、何から話そうか」

「あのコトバでしょ。ほら、ヒエタノアレモコロサレキ……」

「そうだ。これからその文言が刻まれているという石碑を探しにいく」

「石碑を調べてなにがわかるんですか」

「さあ、それは行ってみなければわからない」

「わからないって。なんか頼りないなぁ」

「頼りなくて悪かったな」

「でもいいわ。鹿児島には美味しいものがいっぱいあるし」

「観光しに行くんじゃないんだぞ。今回の件は、背景がもう一つあると思っている」

「もう一つの背景……」

「そう、古代史という背景だよ。これから向かう高千穂連峰。謎に包まれた日本の古代史、その最大の謎を解きあかすための現場なんだ」

「なんだかワクワクしてきました」。琴音が声を弾ませてそういうのを尻目に、光一の意識はこれから向かう場所へと飛んでいた。琴音にはそう言ってのけたが、石碑を見つけたところで手がかりが得られるのだろうか。手がかりどころか、石碑ですらどこにあるのかもわからない。思い立ってここまで来たのはいいが、収穫もなしに終わってしまうことだって大いにあるのだ。こいつはお気楽でいいよな。隣で目を輝かせている琴音を一瞥しながら光一はそう思った。

●

鹿児島空港には定刻通り到着した。光一はレンタカーを借りるつもりでいた。急いでいたこともあり、予約まではできていない。琴音の大きなトロリーケースをピックアップして、三人揃ってロビーに出る。小太郎にレンタカーの手配を頼み、光一は琴音と待つことにした。新鮮な空気が吸いたくて外に出てみた。身体を包みこむ寒気が気持ちよい。東京の寒さとは違って心なしか暖かく感じられた。

「あっ、意外と寒くない。東京もこのくらいならいいのに」

追いかけてきた琴音が素直な感想を口にする。

南国特有の日差しが冬の空気を和ませている。この日差しの中でまどろんでいると、なにをしにここまで来たのか分からなくなってしまう。ふと見ると、琴音は目を閉じて日差しのぬくもりを愉しんでいるようだった。光一は、気を引き締めるように両手でほほをたたき、こちらに向かってくるクルマに目を凝らした。それは思った通り、小太郎が手続きを済ませてレンタルしてきたクルマだった。トロリーケースをトランクに入れ、ようやく二人が乗り込むと、間髪入れずに小太郎が聞いてきた。

「どうしますか？」

「そうだな……」

「私、お腹が空いた〜。まずはなにか食べに行きません？」

「おまえなあ」。光一が呆れたようにそう言った瞬間、どこからかグウと腹の虫がなく音が聞こえた。

「ほら、光一さんだってお腹が空いてるくせに」

「違う。オレじゃないだろ。琴音、はしたないぞ」

「え、いまのは私じゃないですよ。光一さんでしょ」

「あ、すいません。オレです」。小太郎が小さな声ですまなそうに言うと、場の空気が一気に和んだ。

「仕方ないな。じゃまずは腹ごしらえだ」

「そう来なくちゃ」。琴音が張り切って答える。

「父から教えられた店があるんですよ。父の昔からの知り合いだそうで。地鶏の店だとか……」

「それ、賛成！　地鶏、地鶏〜」

「場所わかるのか？」

「はい。だいたい。わからなくなったら父に聞きます」

「父に聞きますって。この親子はほんとにツーカーだからな」

「ツーカーっていう言いかたオジサンみたい。でも雲ジイさんほんと顔が広いのね」。クルマは空港を後にして走り始めた。

「ねえ、小太郎君。あなたの特技、私にも教えてくれないかしら」。琴音の不満げな声に小太郎は思わず後ろを振り返って応えた。

「え、特技って?」

「ほら、耳デンワ。ミサエさんも使えて、雲ジイさんともツーカーで。光一さんも使えるようになって、この中で使えないのは私だけ。みんなで耳デンワで会話してても私だけ仲間はずれだなんて、そんなのイヤだわ」

「琴音さん。この技は、我ら一族に古くから伝わる技なんです。ミサエさんは耳デンワと言っていますが、一族の間では『遠話』と呼んでいます」

「私にはできないかしら」

「いや、そんなことはないと思います。やってみましょう。ボクがメッセージを送りますから受け取ってみてください。リラックスして目を閉じて、額のあたりに意識を集めてください」

「わかったわ」。琴音はそういうと言われた通りに目を閉じて意識を集中した。たちどころに車内に静寂が広がる。足元から静かなエンジン音とかすかな振動が伝わってくるだけだ。1分……2分……3分……。

「あっ……」。5分ほど経過したころだろうか、琴音がいきなり声を発した。「あ〜、なんだろう？お花……が、いっぱい……。あ、花束かな」

「琴音さん、ほぼ正解です。すごいですね、こんなに早くできるなんて」

「なにかふしぎな気分。頭の中に直接伝わってくるの。なんだろう、頭の中にすっごくちっちゃな人がいてその人がささやいている感じかな」

「ははは。琴音さん、面白い表現ですね。それにしても早いな〜。じゃ次は琴音さんがメッセージを送ってください」

「え、どうすればいいの？」

「やり方は人それぞれでいろいろあります。琴音さんの場合、そのちっちゃな人を使ってみてください」

「えーっと、じゃあやってみるわ」。琴音はふたたび意識を集中し始めた。自分の中の小さな存在を呼び出してみた。車内を静寂が支配する。ややあって小太郎が口を開いた。

「琴音さん、鶏ですね。それもこんがり焼けた……」

「そう。すごい、小太郎君。よくわかったわね」

それまで黙っていた光一がようやく口を開いた。

「それにしても小太郎が花束なのに、なんでおまえは鶏の丸焼きなんだ？」

「え、なんで丸焼きってわかったんですか？」

「オレにも見えたよ。まったく色気より食い気だな。まあいい。それより琴音、そのちっちゃな人だけどな。人間の脳の中には松果体という器官があるのを知っているか？」

「ショウカタイ。聞いたことありません。どんな字を書くんですか？」

「松竹梅の松、果実の果、そして身体の体だ。松果体は第三の眼ともいわれ、人間にイメージを見させる働きをしている。松果体は、受胎してわずか3週間ほどで完成される。古代の人々などはテレパシーや透視力を日常の生活に取り入れていたため、松果体をみずみずしく保ち続けていたという。しかし、現代ではこの松果体を使う生活を送らなくなったんだ。現に松果体は、思春期を迎えるころから退化を始める。大人になるとほとんどが退化しきって機能を失うんだ」

「へえ〜、松果体かあ。つまり、私の中にいるちっちゃな人の正体が松果体ってこと？」

「確証はないが、琴音の話を聞いていてそうかなと思ったんだ。あの空海も松果体の振動に注目し、松果体の機能を活性化させるトレーニングを積んでいたという話も残っている」

「あの空海さんも……。それじゃ空海さんも耳デンワができたの？」

「耳デンワどころの話じゃない。彼は、あらゆることを可能にする能力を持っていた」

「え、それじゃ空海さんって超能力者？」

「おそらくな」

「でも私は空海さんみたいに修行もしていないし、そんなトレーニングなんて積んでいませんよ」

「琴音の松果体が退化していないのはなぜか。それは……」

光一は、そこまでいうとシートに座り直して続けた。

「おそらく、おまえのその声が関係していると思う」

「え、私の声……」

「『松果体トーニング』という方法がある。それは……音を使うトーニング法だ。坊さんがお経を読むのもその流れの中にある。集団で行われる読経を聞いたことがあるか？」

「あ、テレビとかで見たことはあります」

「集団で読経することで、あるトクベツな効果が生まれるんだ。

おまえのその声は、坊さんが100人くらいで読経をしているほどの効果が生まれている。その声が、松果体を守り、育てていると言ってもいいだろう」

「え〜、そうなんですか。お坊さん100人と同じ効果が……」

「琴音、おまえのその声には、他の一般的な声とは違う要素が多く含まれているんだ。それはなんだと思う？」

「……わからないわ……」

「倍音だよ」

「バイオン……」

「そう、倍音だ。倍音とは倍の音。つまり、基本となる音の周波数の倍の周波数を持つ音のことだ。おまえが『ド』の音を声に出すとする。すると、そのオクターブ下、さらにオクターブ下、さらにオクターブ下というように、オクターブの違う『ド』の音が同時に発声されるのだ。上の『ド』もその上の『ド』の音も同じように。これを『整数次倍音』というんだ」

「セイスウジバイオン……。なんかムズカシイわ」

「ムズカシイか。つまり、琴音はいろんな音程の『ド』を同時に出しているということだ。おまえは、そんなムズカシイことを知らないうちにやっているんだぞ」

「この倍音が多く含まれている声ほど、人間を癒す効果が高いといわれている。男性でも女性でも、世界的に人気の高いシンガーは、必ずといっていいほど倍音に満ち溢れた声の持ち主だ。人はその歌手の声を心地よいと感じる。だから人気が集まるんだ」

「それに……他人を癒すと同時に自分も癒している。つまり自分で自分を癒している……」

「あ、そうか。自分の声は相手に届く前に、まず自分の内側で響きますからね」

琴音はしばらく思考の中へと沈んでいった。小太郎の運転するクルマは、相変わらずどこかへ向けてひた走っている。

やがて琴音はなにかに気づいたように顔を上げ、光一に質問をぶつけた。

「じゃあ、雲ジイや小太郎君の場合はどうなんですか。やっぱり私のようにトクベツな声を持っているの?」

「いや。雲ジイや小太郎の場合は少し違う。彼らの能力には『非整数次倍音』が関係していると思う」

「え、ヒセイスウジバイオン……」

「簡単にいえば、風の音、鳥や虫の鳴き声、川のせせらぎ、波の音、木々や草花が揺れる音など自然界で聞こえている音のことだ。彼らは大昔から自然の音に囲まれて暮らしている。つまり毎日暮らしながら『松果体トーニング』をしていることになる。大昔の人たちの暮らしには、自然界の音が豊富に存在していた。彼らはその中で人間の本来的な能力を維持していたんだ」

「へえ〜、倍音かぁ、音のチカラってすごいんですね」

「そう、音のチカラはすごい。物質は音でできている。宇宙も音でできている。人間という生き物は、音に左右される。人間を取り巻く環境も、人間の身体も音でできているといっても過言ではない」

「そんな……。人間の身体が音でできているなんてはじめて聞いたわ。光一さん、それちょっと大げさじゃないですか」

「オトコ……、オンナ……、オトナ……」

「え……」「オトコ……、オンナ……、オトナ……」

「あっ……音だ」

「そう、『男』にも、『女』にも、『大人』にも、『オト』というコトバが隠されている。これが単なる偶然だと思うか」

「そう言われると……」

「いいか、琴音。日本語は、他の言語とは違い、宇宙の真理にまつわるコトバが多く残されているんだ」

「日本語ってスゴイんですね」

「そう、日本語には真理を解き明かすカギがいっぱい眠っているんだ」

●

光一たちが話しこんでいる間も、クルマはどことも知れない目的地を目指して走っている。話が途切れて、それぞれが車窓に目を移している。

「だいぶ山奥に入ってきましたね」

そう琴音がいうと、小太郎がすかさずそれに応えた。

「ここらから急カーブが続きますから、しっかりつかまっていてください」

そう言ったか言わないうちに、タイヤのきしむ音を発しながらクルマは大きく左に傾いた。

「あ、すいません。確かこの先にその店があると言っていました」

「でも、この道、どんどん山の中に入っていくわ。ほんとにこんな山の中に、お店なんてあるのかしら」。琴音は心の中でそう呟いていた。「先ほどからどんどん自然の奥深くへ入っていくし。お腹の虫が鳴きそうだし。グーって音、聞かれたらどうしよう」

「琴音さん、すぐそこだと思います」

「あ、そう。よかった……」

琴音はそういいながら内心驚いていた。脳内の思考に呼応するかのような小太郎の反応。

もしかして自分の頭の中で考えていることが筒抜けなのだろうか。耳デンワが使えるようになるのは便利だけど、こんなに筒抜けじゃ困るわ。

そのとき、今度は小太郎が前を向いたまま口を開いた。

「琴音さん、大丈夫ですよ。ちゃんと自分で壁をつくれますから」

「え、壁って……」

「自分の考えを悟られない壁ですよ」

「あ、ああ。その壁ね。早く教えてね、そうよ、私にもプライバシーがあるんですから」

「なんだ、琴音。だれにも知られたくないことでもあるのか」。いままで沈黙を守ってきた光一が興味深そうに話に割り込んできた。

「そりゃ、誰にだってありますよ。光一さんにだってあるでしょ」

「オレにはそんなものはない」

「うそ。なんにも隠し事がない人なんていないんです」

「じゃ、琴音の隠し事ってなんなんだ?」

「そんなこと言えるわけないでしょ」。必死にそう言いながら、琴音が顔を赤らめている。秘めた思い。そんなこと知られたら、恥ずかしくて死んでしまう。琴音は懸命に自分の中にある思いを隠そうとしていた。

「あ、ここみたいですね」

小太郎のそのひと言で話が途絶えたことに琴音は安堵した。外を見ると、古びた茅葺の家がぽつんと佇んでいた。

「へえ〜、ここなんだ」。クルマから降りながら琴音が言った。

何の変哲もないどこにでもある民家。よく見ると、看板も「地鶏」と誰かが手で書いた粗末なものが立て懸けてあるだけ。まったく商売っ気がないというのか、地元の人しかわからないような外観だ。


おそるおそる中に入ると、がらんとした殺風景な空間が広がっていた。古びた安物のテーブルが4つ。それぞれにイスが4つずつ配置されている。建設現場のプレハブ小屋だって最近はもう少しましかもしれない、と光一は思った。一行は左奥のテーブルを選び、おもむろに座った。テーブルの上にはガステーブルも調味料の類もなにもない。火の気がまったくないので外気と変わらない寒気が空間を支配している。琴音は寒そうに身体をすぼませた。

周囲を見渡すと窓上の壁に小さくメニューらしきものがかかっているのを見つけた。

「あの、すいません。やってますか？」

「はーい」。奥から声がする。ややあって女性が現れた。

60歳を少しこえたあたりだろうか。いらっしゃい、そうひと言だけ言うと、片隅に置いてある石油ストーブに点火した。とたんに灯油の燃える独特の匂いがあたりに広がる。それと同時にかすかな暖気が広がってくるのを感じた。

「見かけん顔だけど、どこから見えた？」。素朴と言えば聞こえがいいが、なんともぶっきらぼうな応対だ。「あ、東京からです」。小太郎が応える。「まあ、遠いところからようきんしゃった」。そう言いながら、黙々と準備作業に取りかかり始める。まずはガステーブルだ。どこからともなく運んでくると、テーブルの中央に置いた。「こんな山奥、よくわかったね」「はい。ウワサで聞いて」「あ、そうね。東京からは珍しかね」。その受け答えから察するに、女性はそんなに愛想のない人間ではなさそうだ。

「三人前でええですかァ？」。店の奥へといきながら聞いてきたので、今度は琴音が応えた。「はい、三人前で」

先ほどから沈黙を守っていた光一が口を開いた。「郷に入れば郷に従え、だな」

「それにしてもこの店、チカラの抜け具合がたまりませんね」

小太郎がそういうと琴音がすかさず応えた。

「このそっけなさ、案外東京でウケるかもよ」

お茶もなにも出されないので誰もが手持ちぶさただ。

しばらくすると、例の女性が、大きめのトレーを両手にして出てきた。

それをテーブルに置くと、カセットガスに点火し、食器類をセットし始めた。ようやく飲食店らしくなってきたので、一同が笑顔でうなずき合った。

いかにも新鮮そうな肉が、肉の部分、臓物の部分と、部位ごとに分けて盛りつけられている。女性は、肉が盛られたトレーを無造作に置くと、店の奥へと下がってしまった。つまり、自分たちで焼けと言うわけだ。3人は、顔を見合わせ苦笑いをした。

小太郎と琴音がトングを手に取り、網に肉片を乗せる。ジューという音を発して芳ばしい匂いが立ち上ってくる。

ほどなく焼き上がり、まず光一が最初に口にした。調理法も焼き方もじつにシンプルで正攻法だが、鶏肉自体がとびきり新鮮なせいか、肉の表面のつやとてりが見事だ。熱々の肉を噛む。すると、プリッとした触感で押し返してくる。そのささやかな抵抗を楽しみながら噛み進むと、今度は滋味あふれる肉汁が口中に広がるのだ。味つけは市販のどこにでもある塩・胡椒と自家製のたれの2種類。光一は、塩・胡椒に軍配を上げたが、琴音と小太郎が自家製のたれにつけて旨そうにほおばっている。

終盤に差しかかり、白飯と鶏ガラスープをもらう。この鶏ガラスープがまた絶品だ。表面に浮かぶ良質な鶏油がスープの深みを醸し出している。3人前といってもかなりの量だ。食べきれないと思っていたが、何のことはない。ぺろりと完食した。

「ふう、お腹、いっっっぱい。ごちそうさま」。琴音は箸をおくとそう言ってぺこりと頭を下げた。それを聞きつけたのか、「はい、お粗末さま」といいながら奥から出てきて片づけ始めた。

「観光かね」。相変わらずぶっきらぼうだ。「まあ、そんなとこです」と光一が応えると、女性は手を止め「そう言えば、先月も東京からお客さんきんしゃったな」と言った。

「えっ？」。光一はそのコトバに思わず反応し、聞き返した。

「どんな人でしたか？」

「背広を着た身なりのいいお年寄りでね」

無反応な琴音を尻目に、光一と小太郎は思わず顔を見合わせた。

「観光タクシーの熊ちゃんと来て、食べていきんさった。あんな品のいいお年寄りは初めてなもんで、テレビにでも出てる人かしらんと思ったもんだで」

「名前はわかりませんか？」

「さあ、お客さんに名前聞けるもんでねえし。そんときはうちのばあさんもおってな。熊ちゃんと三人でなにやらずいぶんと話しこんどったで」

「どんな話をしていましたか？」「他にお客さんもおって、ろくに聞いておらんかったけども、山ん中の石がどうたら言うとったな」

石というコトバに、今度は三人揃って顔を見合わせた。

●

地鶏の店をでたあと、急きょ予定を変更して、観光タクシーの熊ちゃんという人物に会うことにした。店のおばさんに連絡を取ってもらい、1時間後に会うことにした。

「その老人って、亡くなった守屋さんなのかしら」

会いに行く道すがら琴音がワクワクした声でそう言った。

「会いに行けばわかる。その運転手はもちろん知っているだろうし、タクシー会社にも何らかの記録が残っているはずだ」

約束の時間よりもはやくタクシー会社に到着してしまったが、めざす熊ちゃんという男性は予定よりも早く戻ってきているようだった。

事務所の奥にある応接室に通された三人は、勧められたソファに腰を下ろした。

すると、ほどなく「あ、どうも」と言いながら一人の男性が入ってきた。

「あ、どうも。熊毛です」と、照れくさそうに名刺を差し出した。

最初、東京から来たというふしぎな取り合わせの3人組を見て怪訝な表情を見せたが、自分たちの素性などいろいろ説明をするうちに徐々に警戒を解いてきたようだった。

本名からのあだ名だろうか、それとも風貌からのあだ名だろうか。たぶんその両方なのだろう。

「熊ちゃん」という呼び名しか浮かんでこないような風貌に、3人は思わず顔を見合わせた。

彼が乗せた人物が守屋龍心氏であると確信をもったとき、光一はコトバを切ってから守屋氏が亡くなったことを告げた。

「え、亡くなった。うっそ、なんで……」。熊ちゃんはそういって絶句した。「あんなにピンピンしてたのに……」。彼の示した反応に純朴さが表れている。

「え〜、自殺……」。警察が発表した死因が自殺であることを告げると、のけぞってこう呻いた。思わず自分の発した声に驚いた彼は、思わず周囲を見回して「うっそ、信じられねえ」と吐き出すように言った。

自分たちとしても彼が自殺したとは信じがたい。亡くなった守屋氏のご子息も自殺ではないことに確信を持っていて、そのご子息の依頼で彼の死の真相を調べるためにこうしてここまで来た、ということを説明すると、

「それは難儀なことで。警察でもねえのに」と半ば放心状態でつぶやいた。そして「そうですか、坊ちゃんが……」

彼は守屋氏の息子のことを坊ちゃんと呼んだ。

「もしかして、守屋氏とは親しいお付き合いを……」。光一はすかさず問いかけた。

「はい。じつは守屋さんとは日本の古代史の研究仲間でして。仲間とはいうもののほとんど私は守屋さんの弟子のようなものでしたが……」。熊さんはそう言うと、タクシー会社の名刺とは別の名刺を差し出した。

「郷土史家、熊毛達吉（くまげたつきち）」。光一は思わず声に出して読み上げた。

「あ、それ、くまげではなくて、くまけ。濁らんとです」

別の名刺を差し出した途端、タクシーの運転手から別の人格が顔を覗かせているのを光一は目ざとく見て取っていた。

「あん方は古代史研究の世界では知る人ぞ知る人なんです。1年に何回かはここに来て、いろいろ調べておられました。来るといつも私のタクシーを指名してくれて、あちこちまわるんです。それが私には楽しうて楽しうて。私も地元のことをお教えすることはありましたが、守屋さんの知識量は尋常ではない。それこそレクチャーしていただきながらあちこち回っていたもんです。教えてもらったうえにお金いただいて。その上、飯までごちそうになって。ほんどに申し訳ねえな、と」

熊さんはまるで別人のように饒舌にしゃべり続けた。思いもかけない意外な展開に、光一たちは黙って耳を傾けることにした。

「この間もほれ、お昼の番組に出んしゃった。仕事サボって見てましたよ。あんなに元気にしゃべくっておられたのに」。自分でしゃべっていて感極まったのか、尻のポケットから手ぬぐいを取り出し目がしらを押さえた。

「ぜってえに自殺なんかするわげがねえ。このあいだ来たときも、とんでもない真相をつかんだ、といって興奮気味に話していたんだ。だから余計、自分で死ぬわけがねえんです」

●

「ほー、あんだも古代史を研究しておられる」

待ち合わせをした鹿児島市内の居酒屋。個室のテーブルを挟んで座る熊毛達吉が、光一に向かってふたたび声の音量を上げた。

「本職は広告屋さんですか。コピーライターさんとは、横文字で洒落てますなあ。それで、趣味で古代史を……。ははあ、類は友を呼ぶってね」。熊毛達吉は、すこし酒が入って上機嫌になっている。

「おんや、おんや、これはこれは。おねえさん、えらいベッピンさんじゃねえ」。ひとしきり話が進み、途切れたとき、光一のとなりに座る琴音をマジマジと見つめながらこう叫んだ。その声に反応して、店内の視線が一気に集まってしまった。琴音は顔を手で覆い、光一の陰に隠れた。「いやー、いままで話に夢中でじぇんじぇん気がつかんかった。私としたことが。スッツレーしました」。昔はやった古いギャグのポーズで熊毛達吉はおどけて見せた。

悪い人間じゃないのだが、どうもノリが都会的じゃない。というか古くさくてダサい。誰にでも愛想のいい琴音なのだがさすがに顔が引きつっている。

光一は、話をそらせようとして、熊毛達吉に質問を投げかけた。

「このあいだ、守屋氏が来たときに、例の地鶏屋さんで話しこんでおられたようですが、どんな内容だったんですか?」

「ああ、あんときは、あそこの徳江ばあさんも一緒でな、昔話に花が咲いて……」。話があらぬ方向へとそれてしまいそうな予感がしたので、光一は流れを誘導した。

「石碑がどうとか……」「ああ、そうそう、石碑ね。あの山の中一帯は、石碑が異様に多いんですよ。どういうわけかあのあたりに住むやつらは大昔から石碑好きで」

「大昔というとどのくらい……」

「私の知るかぎりでは、いちばん最初にここらに碑を建てたのは……」。急に真顔に変化してこう続けた。「紀元前……」

瞬間、光一は熊毛達吉の表情を見た。彼の度の強い眼鏡の奥、小さな瞳がきらりと光った。

「日本列島、いや、とくにここら近辺にはいろんな時代に、いろんな民族が渡ってきている。私は、その最初の渡来民は、シュメールだと睨んどります」。一瞬の沈黙が流れた。シュメール……。彼の風貌からはあまりにもかけ離れたコトバだったからだ。

直後、琴音が沈黙を破った。「シュメールって、あのメソポタミアの……」

「ほ〜、お嬢さん。あんたもそれなりの知識はあるようだね」

熊毛は、焼酎のお湯割りをグイッと空けると居ずまいを正して本格的に語り始めた。いままでの風采のあがらない外見から、心なしか凛々しい表情に変化したのを光一は見逃さなかった。もしかしたらこの熊毛という男……。

ネコをかぶっているだけなのかもしれない。ふだんは田舎者の愚鈍な観光タクシーの運転手を演じながら生活している。しかし本当の姿は頭の切れる好奇心旺盛な郷土史家。テーブルの向かい側で熱心に語る熊毛を光一は新たな視点で観察し始めた。

タクシーの運転手は、否応なく見ず知らずの客と接する仕事だ。まして観光タクシーとなれば一日中、客を乗せて案内してまわることになる。その場合、いかにも田舎くさい観光タクシーの運転手を演じたほうが客も安心するだろうし、自分自身も楽なのかもしれない。それに客は安心して油断するから、素の性格や人となりがよくわかる。人間を観察するなら自分を下に置くことだ。自分が同じ立場なら間違いなくそうする。光一はそう思った。

●

「石碑というのはね、いまでいえば記憶媒体なんです」

「記憶媒体……」「そう、ほれ、あれだ、ハードディスクやＵＳＢみたいな。科学が進歩していまはどんどん小型化しているが、大昔は石の板が唯一の記録媒体だった」

「パピルスが発明されるはるか以前、石という素材はもっとも劣化が少なく後世にまで残せるものだったということですな。ただし……」

熊毛は、右手の人差し指を１本立てて、不敵な笑いを浮かべた。

「ただし、最近の記憶媒体のように上書きはできない。それは不便極まりないように見えるが、最大のメリットでもあるんですよ」

「それは……」

「改ざんできないということ……」。光一が珍しく口を挟んだ。

「そう。改ざんできない。どうしても内容を変えたければ、それを割り捨てて新しい石碑をつくるしかない」


「あ……」。琴音がなにかを思い出したように声を出した。「もしかしてモーゼの十戒石板も……」

「モーゼの十戒石板もご存じですか。これは頼もしい」

「興味があるもので、一応は……」

「なるほど、なるほど」。酒が入るほどに顔が紅潮し、上機嫌になっていく。

「ところでお嬢さん、霧島という名の由来をご存じかな？」

光一のとなりに座る琴音に目線を向けて熊毛が語りかけ始めた。

「地名にはとてつもない真実が隠されているもんだす。霧島のもとの意味はなんだと思います？」。

熊毛は、ややもったいぶったように琴音の顔を見つめていった。琴音はどぎまぎしながら「え〜、なんだろう」

「いいですか。霧島、キリシマ、キリシャマ、キリシャヤマ、ギリシャヤマ……」

「え、ギリシャヤマですって？　ギリシャの山ってことですか？　ウソでしょ」。琴音のこうした反応はときとして男たちを喜ばせる。熊毛も例外ではなかった。

「霧島は、ギリシャの山。つまりギリシャからの渡来民がこの地に住み着き、名前をつけた、ということです」

ほんとうなの？　琴音はそんなコトバを表情に浮かべて、光一の顔をうかがった。

「ウソのようだが事実だ」。光一は、まっすぐ前を向いたままそう答えた。「熊毛さんのいうように日本に古くからある地名にはさまざまな秘密が隠されている。たとえば鹿児島の桜島もそうだ。サクラの語源は、ラテン語のsacratus『聖別された対象』という意味だ。つまり桜島は『聖なる島』ということになる」

「ほほう、これはよくご存じで。さすがお若いだけあって記憶力がいい。それより熊毛さんではよそよそしい。熊さんでも熊ちゃんでもただの熊でもいい、好きに呼んでください」

熊毛は、自分が提供した情報に対して倍返しされたような結果にやや鼻白んだ様子だったが、それを隠すようにお代わりしたお湯割りをグビリと飲んだ。

●

「高千穂峰の山頂にある『天の逆鉾』は見に行かれましたか」

「いや、まだ行っていません」

やはりそこに来たか。光一はそう答えながら思った。いままでの話の流れからして、天の逆鉾の話だけは避けては通れないだろう。ここは、熊毛の話に身をゆだねることにした。

「南九州に来たらこれだけは見ておかなければいけけんですよ。日本人の起源が凝縮されていますからな。私も観光に来た人には必ずお勧めしている。守屋さんを何度お連れしたことか」

「それ、カジキウスですよね」。光一はキーワードだけを投げかける。すると、熊毛はうれしそうに話し始める。

「そう、それだ。カジキウス。ギリシャ文明の象徴であり、さらにさかのぼればアトランティス文明の遺物でもある。あのトート・ヘルメスがつねに手にしておったとされる柄に羽のはえた杖だ。いまは小さなレプリカに変わっておるが、かつては本物が地中深くまで突き刺さっておったのです。けっして錆びないふしぎな金属。重さ数百キロ、高さ数メートル。それは智慧の象徴であり、文明の中心を指し示していた」

さすがに郷土史家だけある。文部科学省や東大史学会に媚びへつらうちょうちん学者とはわけが違う。市井の歴史研究家のほうがよほど真実をつかんでいる。それは、さまざまな文献を読んできて感じている光一の素直な感想だった。

そもそも歴史の真実を解き明かすには、まず柔軟な発想が必要だ。教科書や百科事典に書かれている公式な史実と言われているものほど、怪しいものはない。既成事実にとらわれていてはなにも見えはしない。

その土地に生れ育ち、幼いころから土地に伝わる伝説や言い伝えを耳にし、地元の空気を肌で感じながら、あらゆる角度から文献を渉猟し、独自の歴史観を構築していく。そんな郷土史家ほど正しい情報を持っているものだ。

「よく知られているのは天照大御神の孫のニニギノ命が突き刺したという天孫降臨伝説です。また、坂本竜馬もおりょうと新婚旅行に訪れたときに天の逆鉾を見に来ている。そのとき、竜馬はあろうことか逆鉾を引き抜いたと言われているが、これはさすがに眉唾です」

さきほどから熱をこめて話している熊毛を垣間見ながら、光一は頼もしく思っていた。

熊毛の隣に座る小太郎は終始身を乗り出して興味深げに話を聞いていた。いまの小太郎の脳は、まるで渇ききったスポンジのようなものだろう。いうなれば歴史的真実に飢えたスポンジだ。雲居一族の跡取りとして生まれ、光一とともに過ごした幼少期、それが十数年を経て光一と再会し、アシスタントとして時間を共有することで好奇心に火がついた。渇いたスポンジが徐々に潤っていく。

「いや、今夜はじつに楽しい。これも守屋さんのお引き合わせかもしれませんな。守屋さんのことはとても残念です。守屋さんの死の真相を追いかけてください。私にできることがあれば何でも言ってください」

「見てみたいなあ、そのカジキウス」。話が一瞬途切れたとき、琴音ははるか遠くギリシャに思いをはせるような表情でそう言った。琴音はけっして意識しているわけではない。あくまでも素直で自然な振る舞いなのだ。しかし、彼女のこうした仕草が周囲の男たちを惹きつけてやまない。現に熊毛も完全にしてやられているようだった。

「任せんしゃい。これもなにかの縁だ。明日ご案内しましょう」

「うふふ、よろしくお願いします、熊ちゃん」。琴音はそういってニコリとほほ笑みかけた。そのほほ笑みに熊毛は完全にとどめを刺された感じだった。

●

翌日の早朝、市内のビジネスホテルのロビーに熊毛の姿があった。タクシーの勤務を休んで、光一たちの一行のガイド役を買ってでたのだ。

「あ、熊ちゃん」。熊毛を見つけると琴音は屈託なく声をかけた。熊毛は昨日の服装とは異なり、カーキのカーゴパンツにポケットがいっぱいついたベストを身につけ、オレンジ色のダウンジャケットを小脇に抱えていた。


「おはようございます。今日のスタイルカッコいいですね」

「いやあ、琴音さんに褒められると照れますなあ。史跡や神社仏閣を調べるときはいつもこんなかっこです」

光一も、昨日の熊毛とはまるで別人のようだと思った。ひげが濃くて頭髪が少しさみしいこともあり、営業所で最初に見たときは50歳前後だと思っていた。しかしいまはずっと若々しく見えているのが不思議だった。この人いったいいくつなんだろう。光一は琴音と話をしている男を観察しながらそう考えていた。

「大丈夫なんですか？　お仕事のほう」

「いやあ、平気です。いまはシーズンオフで、声がかかるのは一週間に1回あるかないかです。駅前で日がないちんち待っちょっても退屈なだけですけん。それよりも私のライフワークである古代史のよき理解者が現れて、こうして琴音さんとも知り合えて、うれしかです」

話しながらロビーを出て表に出ると、エントランスに小太郎のクルマが待ち構えていた。

スライドドアを開ける。すると小太郎が、いつでも出発できる体制を整えていた。

「熊毛さん、道案内をよろしくお願いします」。小太郎が運転席から後部座席に向かってあいさつをした。

「おお、どんと任せんシャイ。まずは古代文字が刻まれた石碑を見に行きましょう」

小太郎の運転するクルマは静かに走り始めた。まぶしい太陽光が進行方向右側から差し込んでくる。ということは、北に向かっているな。光一は窓外の景色を眺めながらぼんやりと考えていた。

「石碑の場所まで、ここからどれくらいなんですか？」

「なあに、1時間足らずで着きます。今日は天気がええから霧島連峰がきれいに見えるはずです。あ、ここをしばらく行って、左側にガソリンスタンドが見えてきたらそこを右折してください」。さすがにタクシードライバーだけあって指示が的確だ。言い終えると、熊毛は持っていたバッグからカメラを取り出しチェックを始めた。

「私なんかはもう見あきるほど見ていますが、守屋さんと一緒に来るといつも新しい発見があったもんです。今回はまた古代史に詳しい葛城さんと一緒だ。新しい発見があるかもしれんですからな」

「いや、ボクなんか守屋さんに比べればまだまだですよ」

光一は本気で謙遜した。書斎にあったあれだけの蔵書を見せつけられれば、誰だって謙虚にならざるを得ない。それにしてもいったい守屋さんはなにを調べ、なにを見つけ、なにを伝えたかったんだろう。

熊毛がさきほどからはしゃいでいる。光一や琴音はもちろん、小太郎にも話しかけたり。観光客向けのあたりさわりのない歴史を語ったり。そのうち自分でも飽きたのか、自分のバッグの中を探り始めた。

「お、あったあった。琴音さん、チョコレート食べますか？」

「あ、ありがとうございます。甘いものお好きなんですか？」

「あ、いや、山に入るときはいつも持って歩いてるんですよ。いつなんどき遭難するかもわからんですからなあ」

「じゃいま食べちゃいけないんじゃないですか」

「いやいや、いっぱい持ってきてますから」。熊毛はそう言うと、自分のバッグから大量のチョコレートを取り出しニコリと笑った。

「ほれ、それにおむすびもバナナも。あ、そうだ。これ……」。熊毛はなにかを思い出したように、ナップザックの奥のほうからからなにかを取り出した。見ると簡素な小冊子だ。

「これ、地元の郷土史研究仲間が集まってつくってる同人誌なんですが、このあいだ守屋さんに寄稿してもらったんですよ。よかったら読んでみてください。なかなか興味深いですよ」

手渡された冊子の表紙には達筆な筆文字で「くしふる」と記されている。光一はパラパラとめくってみた。すると巻頭ページに特別寄稿として、守屋氏の原稿が写真とともに掲載されている。頭もまだ十分に回転しておらず、クルマにゆられていたせいもあって、いまは読む気が起きなかった。

「あとでじっくりと読ませていただきます」

光一はそう言うと、冊子を自分の脇に置いた。

琴音と熊毛の会話が続く。琴音の好奇心には、ときどきハラハラさせられる。無邪気というのか、無神経というのか。相手の気持ちを一切考えずに、好奇心のおもむくままに心理的な距離を縮めていくのだ。自分のことをわかっているんだろうか。男性に対して、自分がどれだけ女性としての魅力を振りまいているのか。いや、わかっていない。わかっていたらもう少し男性との接し方が違ってくるはずだ。

「ところで熊さんって、おいくつなんですか？」

「ははは、いくつに見えますか？」

予期しなかった逆質問に琴音はコトバに詰まったようだった。それというのもまったくの年齢不詳だったからだ。30代後半に見えなくもなく、それでいてやけに老けて見えることもある。

「うーん、40歳くらい……かな」

「ははは。さすがに東京の方はお上手だ。私、今年、48になります。もうすぐ50ですよ」「えっ、ぜんぜん見えな～い」

よく言うよ。まるでキャバクラのホステスのような口調に光一は苦笑した。

「結婚されているんですか」

「いやあ、女性とは縁が薄くてねえ。いまだチョンガーですわ。ま、そのほうが気楽でええですが。いやあ、今日はじつに楽しい。琴音さんのようなベッピンさんに若く見られるなんて。それに葛城さんという同志ともお会いできた。これも守屋さんのお導きかもしれませんなあ」

クルマは山あいの道を進んでいる。カーブの連続でなかなか話も弾まず先ほどから沈黙が続いている。やがてその沈黙を嫌うかのように、熊毛が前方の道路標識を指差してコトバを発した。

「さあ、ここから宮崎県に入りました。もうそろそろです。5分ほど走ると、民宿の看板が出てきますからその先の林道を左に曲がってください」

寒々とした窓外の風景を眺めていた光一は少しだけ胸が高鳴った。文献の中では存在を確認していた古代の石碑を実際にこの目で見ることができる。1000年以上はゆうに経過している石碑だ。無事に立っているだけでも奇跡に近い。いったいどんな状態で、そこにはどんな文字が刻まれているのか。

「林道は途中からえらく狭くなるので、そこからはクルマを降りて歩いて向かいます。なあに30分足らずでたどり着きますから」


クルマは言われた通りに未舗装の林道に入った。急に車体が揺れ始め、光一たちは思わずそばにあったものにつかまった。

「ここらあたりはむかーしから温泉も名所もなあんもない場所でして。まったく未開発なんですわ。だからこそ、あの石碑が残ったのかもしれませんな」

確かに熊さんの言う通りかもしれない。なまじ人を惹きつけるものがあって、開発が進んでいたら、意味不明の文字が書かれた石碑などとっくの昔に見つけられ、破壊されるか撤去されていただろう。

「あっ、ここらへんで停めてください。他のクルマが入ってくることはまずないから、ここに置いていきましょう」

先細りになっている林道の手前でクルマを停め、エンジンを切って外に出てみると、静寂とともに寒気が押し寄せてきた。全員がダウンをはおり、ほぼ同じタイミングでジッパーを上げて首をすくめた。

「みなさん防寒対策は万全ですかな？　さあ、ここからは歩きです」

熊毛はそういうと、引率の教師のように先頭に立って歩き始めた。

道はどんどん細くなり、雑草が行く手を阻むようになってきた。熊毛はそれでも先へと進む。

「熊ちゃんさん、もう少しゆっくり」。琴音が荒い呼吸の間から声を絞り出した。

「これはすまんです。もうすぐそこなので、気がせいてしまって。少し休みますか」

「もうっ、熊ちゃんさん、歩くの速い」。やっと追いついた琴音は息を弾ませながら言った。

ふと横を見ると、光一もかなり息が荒い。

「なあんだ、光一さんも息が切れてる」

「ああ、だいぶ身体がなまってる。鍛え直さないといけないな」

「小太郎君はさすがに若いだけあって、平気な顔してますな。息もまったく切れていない」

小太郎はなにも言わず、ニコニコしているだけだ。

「みなさん、水を飲んでください」。熊毛はそういうと肩から下げていた水筒を光一に手渡した。

「あとどれくらいですか？」

「10分足らずといったところですかな」

水筒の水を回し飲むと、一行は立ちあがりふたたび歩き始めた。道なき道を進んでいく熊毛の後姿には迷いがない。

「よく道がわかりますね。立て札も標識もないのに」。琴音にそう問われた熊毛は、よくぞ聞いてくれましたとばかりに笑いながらこう返した。

「ははは。草むすびですよ。子どものころやりませんでしたか？」

「草むすび……」

「ほら、こんな風にして草と草を結び合わせる。こうすれば目印にもなるし、向かう方向もわかるんです」

「そう言えば、さっきからときどき足元を見ていましたよね」

「つい1カ月ほど前にも守屋さんと来ていますから慣れた道です。でも念のためこうしておけば万全ですから」

こうして話をするうちにようやくたどり着いたようだ。

「ほら、あの岩の向こう側です」

そう言われて岩からその先を見てみると、そこには意外な光景が広がっていた。台地のように開けた場所。下草も少なく、その場所だけがまるで掃き清められたようにきれいな状態が保たれている。その片隅にひっそりと、石碑は立っていた。よく見ると正面から見て少し右に傾いている。光一たちはおそるおそる近づいていき、石碑の表面を覗き込んだ。確かになにか文字のようなものが確認できたが下のほうは土に埋もれてしまっている。

「これ、何語？　日本語じゃないみたい。それにほとんど消えかかってるし」

「これは神代文字の一種だ」

「神代文字って……神さまの文字……」

「神話になってしまうほど古い時代の文字だ。これは、おそらくアヒルクサ文字だろう」

「アヒル……クサ……文字」

「大陸から漢字が伝わるはるか前、この日本列島には独自の文字を使うさまざまな民族が棲んでいた。アヒルクサ文字は、アヒル文字の草書体、つまりアヒル文字を崩した文字だという説がある」

「アヒルだなんてヘンテコな名前。アヒルたちが文字を使うわけないし」

「いや、アヒルたちが使っていた文字だよ」

「え、ホント？」。琴音は一瞬真に受けたあと、我に返ってコトバを返した。

「って、もー、光一さん、からかわないでくださいよ」

「いや、これは冗談ではない。その昔、ユダヤ人のことを『アピル』と呼んでいたという記録がある。そのアピルと呼ばれた人々がインドに渡り『アヒール族』になり、さらに東に流れ、東シナ海を経由して日本に渡ってきた」

「え、じゃ、大昔のユダヤ人がはるばるここに来て、この石碑を残したということ？」

「まあ、そういうことになる。しかしな、琴音……。ユダヤ人が日本に渡ってきたルートは、それだけじゃない。何百年、いや千年以上の長きにわたって、さまざまな部族がさまざまなルートで日本に来ているんだ」

「あ、私、知ってますよ。ゼブルン族とか、ガド族とか、イッサカル族とか。歴史の舞台から忽然と姿を消したというユダヤの失われた10部族でしょ。でもユダヤの人たちは、なぜ日本にやって来たのかしら？」

「いい質問だな。ユダヤの民がこぞって日本にやってきた理由……。それは……」

「それは……」

「この日本が彼らの生れ故郷だからだよ、ある意味でのな」

「ある意味……」


倒木に腰掛けてなにかをもぐもぐ食べながら二人のやり取りを聞いていた熊毛が口を挟んできた。

「みなさん。じつはですな。この場所には、ふしぎなパワーが働いておりましてな。あ、甘いものでもどうですか？」。熊毛はチョコバーの包みを手渡しながら話し始めた。

「ほら、石碑の周りを見てください。このあたりだけ雑草も生えずきれいなもんでしょ。守屋さんがいうには、この石碑からなにかが出ている、というんですよ」

「なにかが出ている……」

「ほら、この文字のあたりに手をかざしてみてください。なにか感じませんか？」

光一と琴音、それに小太郎も加わって、みんなで手をかざしてみた。しばらく沈黙が流れる。

「あ、感じる……」。最初に声を上げたのは琴音だった。「なんて言ったらいいんだろう。大きくてやわらかいボールに押し戻されるような……」。続けて小太郎が口を開いた。

「それに、ほんのりあたたかみを感じますね」

「ずっと触れていたいような懐かしいぬくもりだわ……」

「確かにふしぎなエネルギーだな」

最後に光一が、目を開いてぼそりとつぶやいた。

「私もいろいろ調べました。この文字は、宇宙エネルギーのさまざまな波動を視覚化したものらしいとか。あるいは、この手の文字が刻まれたところには、宇宙エネルギーに関わる秘密が隠されているとか。この石碑の周りでは確かに不思議な現象が起きています。私ら郷土史家の仲間内でも不思議なエネルギーの存在を認めている。しかし……」

熊毛は自分のナップザックからピーナッツの袋を取り出し、ポリポリかじりながらさらに続けた。

「この事実を我々の同人誌には書けないんです。それを書いてしまうと、一瞬でマユツバものの烙印を押されてしまう」。熊毛が珍しく表情を曇らせてさらに続けた。

「科学的に証明されないものは存在しない。学問の世界はいまだにそういうスタンスですからな」

光一たちは、改めて石碑に刻まれた文字をまじまじと見直した。そして、琴音がふつふつとわきあがる疑問を口にした。

「でも、長い年月の間にはよからぬ人たちがこれを見つけて……」

熊毛は口をもぐもぐ動かしながらそれに応えた。

「守屋さんがいうには、この文字から発せられるエネルギーは、ネガティブなエネルギーと反発しあうらしい。だから、何千年も誰にも破壊されることなくここにあるんだと言うてました」

第三章

「それで、なにか収穫はありましたか」

　事務所で打ち合わせを済ませ、「おみち」のカウンターに腰掛けると、啓二は開口一番鹿児島での成果を聞いてきた。

「ああ、それなりにな。あ、おみちさん、瓶ビールを」

「はーい」。女将のおみちさんは、明るい返事を返しながら竹細工の台に乗せられた熱々のおしぼりをそれぞれの前に置いていった。

「ボクも行きたかったなあ」。少しだけうらやましいニュアンスを含ませたコトバが啓二の口をついてでた。

「すまんな。今度は誘うよ」「いえ、そんなつもりじゃ。で、どうだったんですか」

「もうすぐ琴音も合流するから来たら話す」

「琴音ちゃん、会社のほう大丈夫なのかな。急に休み取るし、今日だってまだ6時過ぎですよ。広告代理店としては、これからが仕事なのに」

「あいつは村上グループ総帥の孫娘だぞ。まあ、自由気ままな人質といったところかな」

「あ、噂をすればですよ……」

「おつかれさま〜。あら、みなさんお揃いですね」

明るくて華やかな気配。琴音の場合、扉を開ける前から気配を感じるからふしぎだ。

小太郎が気を利かせて席を一つ空け、琴音は光一の隣に腰掛けた。

「おみちさん、これお土産〜」。瓶ビールとグラスをお盆に載せて運んできた女将に小さな包みを手渡した。

「あら、ありがとう。何かしら？」「鹿児島神宮のお守りです。商売繁盛しますようにって」

「うれしいわ。鹿児島に行っていたの？　お仕事？」

「あれ、光一さんお話していないの？」

「光一さんはなにもよ。どこかの誰かさんと違って琴音ちゃんはほんとに気が利くわね〜」。女将は光一の顔をチラリと見ながら皮肉っぽく言う。

光一はバツが悪そうに苦笑いを浮かべ、運ばれてきた瓶ビールを手に取りそれぞれのグラスに注いだ。

「とりあえずおつかれさん」

光一の掛け声にあわせて、四人は一斉にグラスを上げて、同時に傾けた。

「でも今回の旅は、ほんとに手がかりなしでしたね。例の石碑もほとんど文字が消えていて。しかもアヒルナントカという文字で解読不能だし。私としては美味しいものが味わえて、大収穫でしたけど」

「いや、収穫はあったよ」

「え、収穫あったんですか？」

「熊毛さんだよ」

「え、熊ちゃん？」

「そうだ。彼と出会えたのが最大の収穫だ」。光一はきっぱりとした口調でそういうとさらに続けた。

「熊毛という名前の通りに毛深くてがっちりとした体型。気がつかなかったか？　あの浅黒い肌とふしぎな瞳の色。ギリシャ系インド人の特徴だ。ギリシャとオリエントを融合したヘレニズム文化。それを継承した一族が、東シナ海を経由して九州に渡ってきた。彼こそが日本古代史の生き証人なんだよ。もしかしたらヒミコと同じ血筋かもしれないな」

「ちょ、ちょっと待ってください。ヘレニズムが熊ちゃんと、ヒミコと熊ちゃんが……。私、頭がこんがらがってきちゃった」

●

「はい、お通し。煮こごりつくってみたの。召し上がってみて」。女将が、人数分の小鉢を運んできてそう言った。

「え、うれしい。私、煮こごり大好き。でも、こんなのお通しで出しちゃっていいんですか？」

「カレイの煮汁が余ったからつくってみたのよ。試作品だから」

よく見ると、茶褐色の半透明な塊の中に、ほぐした魚の身や皮、針生姜がほどよくちりばめられている。

「うまそうだな。これはビールよりも……」

「はいはい。そう来ると思って、いま熱燗つけてますからね」

「おみちさん、すご～い。まさに阿吽の呼吸ですね」

そう言いながら琴音はさっそく箸をつけてみた。そして感じるままに感想を口にした。

「美味し～い。コラーゲンがたっぷり詰まってる感じ。これでお肌はプルプルだわ」

光一はその光景を横目で見ながら、自分の煮こごりには箸をつけずにビールを飲んでいる。

少しして熱燗が運ばれてくると、自分のぐい呑に酒を注ぎようやく口を開いた。

「いいか。これは、こう楽しむんだ。まず煮こごりを口に入れる。そしてすぐに熱燗を流し込む。ほらやってみろ」

そう言われるままに琴音は言われた通りに試してみた。

「あ～、なんだろう。ほぐれていく感じ。煮こごりが口の中で溶け出して、旨みが広がっていく。この冷たさと温かさのハーモニーがたまらないわ」

ひとしきり煮こごりで盛り上がったあと、ふと間があいて、光一はぼそりと呟いた。

「もしかしたら守屋さんは……」

一同の視線が光一の顔に注がれる。

「あの熊毛達吉という男に会わせたかったのかもしれないな」

「亡くなった守屋さんが……」

「オレたちは知らないうちに守屋さんに誘導されているような気がするんだ。ヒエタノアレモコロサレキ。そのコトバの意味を探りに鹿児島へ飛んだ」

「つまり我々の行動は、守屋さんの誘導によるものだと」

「ああ、そうだ。そして鹿児島でまたなにか、オレたちに……」

「伝えたいことがあったはずだ」

「鹿児島でオレたちがしたことをもう一度なぞってみよう」。そう言うと光一たちは思い思いに鹿児島に降り立ってからの行動を反芻してみた。腹ごしらえに新鮮な地鶏を食したこと。そこで思いがけなく守屋氏の足取りがつかめたこと。そして熊毛氏との出会い。熊毛氏の案内で謎の石碑を見に行ったこと。天の逆鉾を見学して、市内に戻り……。

どこにも気になる事柄は見当たらないように見えた。しばらくするとしびれを切らしたように啓二がしゃべり出した。

「その熊ちゃんって人、いくつ位なんですか？」

「48って言ってたかな」

「けっこういいお歳なのに、無邪気なんですよ。リュックの中にチョコやらピーナッツやらいろんな食べ物が入っていて。クルマの中でもずーっとモグモグ食べてましたよね」。琴音が同意を求めるように光一に向かってそう言ったとき、光一はなにかに思い当たったのか、柄にもなく大きな声を上げた。

「あ……。あの冊子……。熊毛さんがクルマの中で手渡してくれた……」

「ああ、そう言えば、熊毛さんが郷土史研究の仲間と出している同人誌。守屋さんが特別に寄稿していると……」

「そう、それだ。あのときは、ろくに目を通さなかったけど、そこにきっと手がかりがあるはずだ。小太郎、事務所からあの冊子を取ってきてくれ」

5分ほどで小太郎が戻ってきた。おみちと事務所の往復。ふつうの大人なら10分はかかる距離なのだが、その半分ほどの時間で戻ってきて、息も切らせず涼しい顔をしている。

「これだ」。光一は冊子を受け取ると、すかさずページをめくり守屋氏が寄せたという文章を探した。その文章は巻頭ページに、特別寄稿として5ページにわたって掲載されていた。冒頭には守屋氏の顔写真。どこかの神社の鳥居をバックに、にこやかな表情で写っている。そしてその横には、タイトルとして大きくこう記されていた。

『日本から出発した人類の祖先は、壮大な旅を経て、故郷へと帰還した』

そして、サブタイトルにはこうも記されていた。


日本列島は、世界文明の集積地。

シュメールも、ウバイドも。エジプトも、ギリシャも。

黄河も、古代インドも、バンチェンも、みんなこの島国の中で溶けあっている。


隣から覗き込んでいた琴音が声を上げた。「あら、日本から出発した人類の祖先って……。これ、変じゃありません？　だって、人類の起源はアフリカでしょ。ほら、最近、テレビのドキュメンタリーでもやってたじゃない」

「ボクもそのドキュメンタリー見たよ。確か、ＤＮＡの中のミトコンドリアをたどっていくと古代のアフリカの、ある一人の女性に行きつくとか……」

「そうそう、科学雑誌の『ネイチャー』にも発表されたって」

「ねえ、光一さん。この守屋さんが書いてる内容ってどうなんですか。そう言えば、光一さんの出した本にも同じことが書いてあったような……」

先ほどから光一は守屋氏の論文に目を落としながら、二人のやり取りを聞いていた。琴音と啓二、それに小太郎までが光一の顔を覗き込みながら反応を待っている。光一はそれにはまるで気がつかないように、思考の中へと沈んでいた。しばらくは誰も口を開かず、沈黙がその場の空気を支配した。異様に長く感じる時間。やがて光一は目を見開き、ぐい呑みの酒を一気にあおるとようやくコトバを発した。

「人類の起源については諸説ある。しかし、オレはこの日本という島国が人類発祥の地だと思っている」

それは、質問の中身さえ忘れてしまいそうなタイミングだった。琴音は、もう一度聞き返した。

「えっ。日本？　日本なんですか！」

「ああ、守屋さんのこの論文に全面的に賛同だ」

光一はそういうと、手酌で酒を注ぎまたしても一気に飲み干した。飲むスピードが先ほどから上がってきている。顔が幾分紅潮し始め、テンションが上がってきている。エンジンがかかってきたぞ。啓二は光一の表情をうかがいながらそう感じていた。

●

「地球最古の文明と言われるシュメール。そのシュメールの遺跡から発掘された粘土板の文字を解析したゼカリア・シッチンという人物がいるんだが、彼の著者にはこんな内容が書かれているんだ。ニビルという惑星、この星は太陽の周りを超楕円軌道で周回している。その周期は、1万2千年といわれていて、1万2千年に1度の周期で地球に大接近するんだ。ニビルという星には、地球のそれよりもはるかに高度な文明が存在していた。ところがだ、物質に頼ったその文明はあるとき大気圏というかけがえのない財産を失うことになる」

「大気圏？　つまり空気ってこと？　えっ、彼らも酸素を吸って生きてるってこと？」

「それがまったく酸素と同じ物質なのかはわからない。ただ、彼らの生命を維持するためには欠かせないエレメントであることだけは確かだ。それに……」

大気圏というのは、生命体を守る保護膜でもある。

「地球もさまざまな層に取り囲まれているのは知っているよな。大気圏、成層圏、電離層、バンアレン帯などなど。これらは、宇宙から飛来する有害な光線や電波、あるいは落下する隕石などから守るバリアの役割を果たす」

「彼らはその大気圏を失ってどうしたんですか？」

「彼らは新たな大気を形成するための、代わりになり得る物質を探すことになった」

「探すって、どこをですか？」

「彼らは広大な宇宙空間をさまよった。さまざまな銀河、さまざまな星系を訪ね歩き、ついにある星にたどり着いたんだ」

「それが、地球ってこと？　じゃ、彼らは地球から空気をもらって自分たちの星に運んだってことですか？」

「いや、違う。彼らが探し当てたのは金だった」

「えっ、金って、ゴールドのこと？」

「彼らは地球に多く存在する金という物質が、彼らが暮らす星の大気の成分と極めて近いことを発見した」

「でも金って、硬い金属じゃないですか、それをどうやって空気にするんですか」

「イオン化だよ。金は金属の中でも群を抜いて融和性が高い。人間は金箔を食べるだろ。イオン化することで水にも溶け込ませることができるし」

「そう言えばそうですね。でも　ずいぶん高価な空気だなあ」

「最初のうちは彼ら自身がせっせと金を採掘していた。しかし、彼らが必要とする金を調達するにはあまりにも時間がかかりすぎる。そこで彼らは効率的な方法を考え出したんだ」

「巨大なブルドーザーやシャベルカーみたいな機械を開発したとか」

「いや、それを操作するロボットだ」

「え、ロボットって……」

「誤解を恐れずに言うなら、金鉱堀のための奴隷だ。それがアフリカを舞台にした人類の起源なんだよ」

「え〜、人類の起源は奴隷だったんですか。なんか落ち込むな〜」

「そうだ。当時の地球に棲息していた猿人のメスから卵子を取り出し、ニビルの男性の精子と体外受精し、遺伝子操作を行い、ニビルの女性の子宮で育てた。これが現人類の起源の一つなんだ」

琴音、啓二、小太郎。その場で話を聞いている誰もが唖然としていた。

啓二にいたっては口を開けたままの状態で虚空を見つめている。ややあって、最初に我に返った琴音がようやく口を開いた。

「そのナントカという星から来た人たちって、つまりは神さまってこと……ですよね」

「琴音、いいとこに気がついたな。圧倒的な知性、圧倒的な科学力、そんなパワーを持った存在を目の当たりにしたとき、初めて神という概念が生まれたと言っていいだろう。

遺伝子操作によって創り出された人類は、その創造主を『天から地に降り立った者、アヌンナキ』と呼んだ」

「ア……アヌン……ナキ。そんな神さまの名前初めて聞いたわ」

「今度は、少し角度を変えてカネの話をしようか」

そう言いながら光一はポケットから無造作に小銭を取り出した。

聞いていた者たちは、アヌンナキという聞きなれない神の出現に、まだ戸惑っている。

光一はそんなことには構わず、手のひらでチャラチャラ音をさせながら話を続けた。

「お金という概念は、金から始まったのは知っているよな」

そう言って啓二の顔を見た。啓二はどぎまぎしながら曖昧にうなずいただけだった。

「金があればいろいろなものと交換できた。つまり、金という金属に特別な価値を持たせていたわけだ。なぜ金という物質だけに特別な価値を持たせたのか？　その元をたどっていくとアヌンナキにいきつくんだ。金本位制って、聞いたことがあるか？　金本位制が正式に採用されたのは意外に最近で１８００年代初頭のことだが、金に特別な価値を置くという価値観は非常に古い。東ローマ帝国時代にも記録が残されているし、たぶんさらに時代をさかのぼることができるだろう」

「さかのぼるって、もしかして人類の起源にまで？」

「そうなるよな。金という物質に特別な価値をおく経済システム。それは、ヨーロッパを基点としていまも連綿と続いている。つまり､金に特別な価値を置く人類が世界の主流であるということだ」

「なるほど、いまの世界経済をリードしているのは、アヌンナキを生みの親とする人類の子孫ってこと……」。啓二が腕組みをして妙に納得した表情を見せている。

「金という物質の価値に囚われた人類。彼らのＤＮＡには、最初からそういった価値観が組み込まれているのかもしれないな」

「いやぁ、すげー話だ」。啓二が腕組みをしたまま天を仰ぎ、声を絞り出した。

いつになく話に熱を帯びている。誰もが喉の渇きを覚えていた。

「私、話があまりにもすごすぎてクールダウンしたくなっちゃった。おみちさ〜ん、ビールいただけますぅ〜」

気がつくと光一も喉が渇いていた。


「はいはい、お待たせ。今夜はずいぶん白熱してるわね〜。私もお話が聞きたいんだけど今夜はなぜか忙しくてね。あ、小太郎君にはウーロン茶持ってきたわ、はい」

女将が運んできた瓶ビールをそれぞれのグラスに注ぐと待ち切れないように手に取り、揃ってグラスを傾けた。


「ねえ、光一さん、そのアヌンナキという神さまからの流れはわかったけど、守屋さんがこの雑誌に書いている『日本から出発した人類の祖先』って、もう一つの人類の起源なんですよね。それについては、何か記録が残っているんですか？」

「ない」

「ない、って。そんなぁ……」

「失われてしまった。いや消されてしまったと言ったほうがいいかもな」

「消されてしまったって、誰にですか?」

「競合関係にあたる人類にだよ。まあ、本家争いのようなものだ」

「この文章を読んでみるとわかるが、守屋さんは日本を起源にした人類の発祥を調べていたんだろう。オレもこの件に関してはいろいろ調べてみた。本にも少し書いておいたのはみんな読んだよな。守屋さんもオレの本を読んで、同じことに興味を持っていることを知り、話がしたくて連絡を取ろうとしたんだろう。

ところが連絡を取る直前に謎の死を遂げた……」

謎の死を遂げた……。

光一のこのコトバから発した波動が、店内の空気を一瞬にして重く淀んだものに変えていく。それを吹き払うかのように琴音がハリのある声で頭に浮かんだ疑問を投げかけた。

「と、いうことは……ですよ。守屋さんの死は、ここに書かれている文章の内容と関係があるということですか? あ、もしかして本家争いに巻き込まれたとか……」

「うん、もしかしてそうかな、とオレも考えた。しかしだ。人類の本家争いについては、もう完全にアヌンナキ系に軍配が上がっているんだ。それはいまの世界経済を見渡してみればわかることだ。だから、こんな地方の同人誌に小論文を掲載し、本家はこっちだと、世に問うたところで痛くもかゆくもない。ゾウに蚊が刺したようなものだ」

先ほどからなにもしゃべらずずっと話を聞いていた小太郎が、クスッと笑った。

「じゃ、なぜ守屋さんは……」

「これはオレの勝手な推論なんだが……」。声のトーンを少し落として光一が言うと、それに呼応するかのように、一同は顔を近づけてきた。

「なにか決定的な……」

「証拠ですか」。啓二がすかさず口を挟む。「そう、一発逆転できるようななにかをつかんだんじゃないかな？」

「一発逆転かぁ」

「ほら、ここの最後の文章を読んでみろ」。光一は持っていた冊子を啓二に手渡す。啓二は指で示された箇所を声に出して読み上げた。

「『機は熟した。そして、私は知っている。長い歳月にわたって貶められてきた日本発祥の人類に、ふたたび陽が当たる日が来ることを』。機は熟した、と言っている。私は知っている、と言っている。文脈からすれば、倒置法によって後半の『陽が当たる日が来ることを』にかかるんだが、『機は熟した』と『私は知っている』を『そして』でつないでいるだろ」

「なるほど。知っているのは『陽が当たる日』でもあり、機が熟したという理由でもあると」

「さすがですね、光一さん」

光一は少しはにかみながら自分のグラスにビールの残りを注ぎ、やや荒っぽく飲みほすとさらに続けた。

「こうしてみると、守屋氏の死の後のオレたちの行動は、なにか見えない糸に導かれているような気がする。鹿児島へ行ったことも、そこで熊毛氏に出会ったことも、手渡された冊子も、その冊子に書かれていたこの文章も。細くて、いまにも切れそうで頼りなげだけど、確かに一本の糸でつながっている」

「私たちは守屋さんが書いた筋書き通りに動いているってことですか」

「もしそうだとしたら……」

「もしそうだとしたら、その筋書きの行きつく先は……」

「え～、なにが待っているんだろう。ワクワクするぅ～」。琴音が目を輝かせながら歌うように言った。

「リアルに人が一人死んでるんだぞ。これはそのへんのバーチャルゲームとは違うんだ」。光一がたしなめる口調でそう言うと、琴音は風船がしぼんだようにしゅんとしてごめんなさいとつぶやいた。

「変な言い方だが、殺されるに値するだけのなにか……。守屋さんはなにかとてつもない秘密を握ったんじゃないかな？」

「殺されるに値するほどの秘密……ですか。なんだか恐い話になってきましたね」

小太郎は先ほどから三人のやり取りには加わらず守屋氏の寄稿ページに見入っている。

「あれ……?」。小太郎はなにかに目を止め、コトバを発した。

「なんなんですかね、これ。ちょっと変じゃないですか?」。小太郎が守屋氏の写真を指差しながら疑問のコトバを口にした。

「どれどれ」

見ると、守屋氏がどこかの神社の鳥居の前に立ち、笑顔を浮かべて写っている。季節は秋ごろだろうか、背景には紅葉した木々が写っている。誰もが記念に撮るような、なんの変哲もない写真だ。

「この方が守屋さんなんですね。もっと歳をとっているのかと思った。意外にお若いじゃないですか」。琴音が素直な感想を口にする。

「これのどこが……。ふつうに見えるけど」。啓二が訝しげに言う。すると光一があることに気づき、声を上げた。

「小太郎、よく気がついたな。いいか、こことここ。指先をよく見てみろ」。一同は、光一の指し示した写真の箇所を覗き込んだ。

「あれ、ほんとだ、両手で地面を指差してるように見えますね」

「口先も少しトンガっています……」

「なんだか『ここだ、ここだ』って言っているみたい」

四人は、思わず顔を見合わせた。そして、ほぼ同時に同じ疑問を口にした。

「ここ、どこだろう？」

しかし光一には、その写真に写っている風景に見おぼえがあった。

●

翌日、光一は事務所に出て、守屋氏の寄稿文を読み返していた。早くこの写真の場所に駆けつけたい。今日にでも出発したかったのだが、あいにく午後から来客の予定があり、今日中の出発は断念した。

午後、昼食から戻り、例によって淹れたてのコーヒーをすすっていると、来客を告げるチャイムが鳴った。

時計を見ると1時を少しまわっている。

時間通りだな。ＰＣのディスプレイの右上に表示されている時計を見て光一はそう思った。アシスタントの小太郎が応対し来客を招き入れた。

「おつかれさまです」

アドニュース社の城島が屈託のない笑顔でそうあいさつしながら入ってきた。いつものようにヨレヨレのステンカラーコートを着込み、ブランド物らしいチェックのマフラーを首のあたりに巻いている。

「昭和の冷蔵庫」。光一は、この男のずんぐりと丸みを帯びた印象をそう表現したが、若い小太郎にはピンと来ていないようだった。どこからどう見ても風采の上がらない外見なのだが、それがこの男独特の美意識なのだろう。編集者とはこういうものだ、と主張しているように感じられた。相手を油断させる狙いがあるのかもしれない。一世を風靡したアメリカの刑事ドラマの主人公のように外見で油断をさせておいて、自分はじっくり観察し値踏みする。編集者と刑事は、どこか似ているところがあるのかもしれない。

「いやァ、先生、予想外の売れ行きです。こう言ってはなんですがね、ここまで評判になるとは思いませんでしたよ」

部屋の中央へと歩みを進めながら話し始めた。マフラーを外しコートを脱ぎ、背広姿になるとソファの真ん中にどっしりと腰を掛けた。

「増刷が決まりましてね。思い切って3万部、うちにとってはかなりの博打です」

城島は上機嫌でまくしたてている。歯に衣を着せない城島の物言いはけっして嫌いではなかった。本心をかくして美辞麗句を並べたてられるよりはよほどましだ。

「近いうち増刷分の印税がまとめて振り込まれると思いますよ」

「ありがとうございます」

城島の恩着せがましい言いかたが鼻についたが、光一は素直に感謝のコトバを口にした。

光一は自分のデスクからソファに移動して城島の目の前に座り、話し始めた。

「先日、ボクの本を読んだという人から電話がありました」

「ほほう。さっそく反応ありですか。若いおネエちゃんかな」

「老舗の和菓子屋の社長で守屋さんといいます」

「なあんだ、おネエちゃんじゃないんですか」

「広告の仕事を依頼されました」

「そいつはよかったじゃないですか。広告界のプリンスと言われた先生が本を出す。その本からビジネスが広がる。本が意外な宣伝になるというわけですな。印税は入るは仕事は舞い込むは、相乗効果でけっこうなことじゃないですか、ハハハハ」

この男はビジネスのこととおネエちゃんのことしか頭にないのか。光一は和菓子屋の社長宅で起きたことを話したかったが、城島の反応を見て話すのをやめた。


「ネット上の反響も上々ですよ。最近は、ちょっとした書き込みが売り上げに影響しますからね。否定的な意見もあるにはあるが、賛否が分かれて物議を醸すほうがいい。物議ケッコウ、やれやれ～、って感じですよ」。城島はまるでスイッチが入ったかのように話し始めた。

「否定的な意見って、どんなものですか？」

「ウソを書くな、とか。デタラメばかりの有害な本だとか。広告屋のような企業のちょうちん持ち風情になにがわかる、とか。まあ、取るに足らない書き込みですよ」

城島はネクタイを緩めながら話を続けた。

「それにしても意外だ。第一線の売れっ子クリエーターが書く本にしてはホントに意外でした。最初、この内容を会社に納得させるのにどれだけ苦労したか。ウチは広告関連専門の出版社ですからねぇ」

城島は話を続けながらポケットに手を入れてなにかを探している。ようやく取り出した手にはタバコに似た形のパイプが握られていた。それを口にくわえるとふたたび続けた。

「まあ、でも、私ががんばったおかげで無事出版にこぎつけたわけです。これはわが社的にも計り知れないメリットがあると思ってます。広告関連以外のジャンルへ進出する足がかりになったわけですからね」

光一はコーヒーをすすりながら黙って城島の話を聞いていた。小太郎もコーヒーを出し終え、自分のデスクに戻ると、なにをするでもなく二人のやり取りに耳を傾けている。

「それにしても過激だ。いや、内容ですよ。『すべての歴史書を疑ってかかれ！』という帯のコピーは、メッセージとして強烈だ。さすがコピーライターの面目躍如ですな」

秦の始皇帝の『焚書坑儒（ふんしょこうじゅ）』の話から始まり、司馬遷の『史記』や『古事記』『日本書紀』にいたるまで、中国や日本の正式な歴史書まで疑ってかかるとは。中でも漢字は日本人の祖先が発明した、というくだり。あれには驚きました」

ここまで話して少し満足したのか城島の話は途切れ、コーヒーをひと口すすった。そこで、ようやく光一が口を開いた。

「戦争が歴史をつくってきました。歴史とはまさに戦争の記録なんです。歴史をひもとけば解くほど、人間はどうしてこんなに戦争好きなのかと、気が滅入ってきます。そして戦争における略奪というのは、モノやカネだけじゃないんです。勝者は、敗者の功績や歴史をも略奪する。こうして略奪した歴史を自分たちの歴史に書き換える。歴史書というものは、多かれ少なかれそういうものです」

「いや、コピーライターとは思えない発言ですな。まるで歴史学の講義を聴いているようだ」。城島のセリフを無視するかのように、光一は話を続けた。

「この国の歴史は、中国や朝鮮半島など近隣の国の歴史と密接に絡み合っています。いや、この地球上のすべての時代、すべての文明、すべての民族、すべての国家と絡み合っているといっても過言ではない。その中で、ある重要な民族の存在が歴史上から完全に抹殺されているんですよ」

「重要な民族……。抹殺……」

「はい。その民族の歴史をたどっていくと、人類のもう一つの起源にたどり着く。それが、日本人の起源です」

話を黙って聞いていた城島の目が鋭さを増した。

「ちょっと待ってくださいよ。いま、もう一つの起源と言いましたよね。もう一つとはどういう意味ですか。人類の起源は、そんなにいくつもあるんですか」

城島は、タバコ状のパイプを口先でもてあそぶのをやめ、少しだけ居住まいを正すとこう切り出した。

「今日うかがったのはほかでもない。続編の話なんです。ちょうどいい、その抹殺されたという民族について書いてもらえませんかね。鉄は熱いうちになんとやらで、売れ行きが伸びて話題性があるうちに続編を出す、これは出版界の常道です」

城島はそう言うと、眼鏡の奥の目をキラリと光らせた。ビジネスマンとしてひと山当てたいというもくろみと、編集者として物議を醸すような問題作を出したいという野心が、同時に頭をもたげてきたのは確かなようだった。

「どのくらいで書きあがりますかね。できれば半年。いや3～4カ月くらいで仕上げていただくと助かるんですが」

「ボクには本業もあるし、それはムリな話です。それに……」

コトバを濁す光一の表情を覗き込んで、城島は次のコトバを待った。

「それに、個人的に調べてみたいことがある」

「個人的にというと……」

「ある人物の死の真相です」

「ある人物って、歴史上のということですか」

「いえ、先日亡くなったばかりの方です。古代史研究家の方で……。ボクの本を読んだ直後に謎の死をとげたんです」

「謎の死とは……」「はい。警察は自殺として処理しましたが、ボクにはどうしても自殺とは思えない」

「その人の死と葛城さんの本とどんな関係が……」

「さあ、わかりません。でも、なにかきな臭いにおいがしてならないんです」

「なにやら物騒な話になってきたぞ。心当たりはあるんですか？」

「いまはまだ見当がつきません。それを調べてみたいんです」

城島は腕を組み、目を閉じ眉間にしわを寄せて光一の話を聞いている。しばらく考えたあと目を見開いて言った。

「わかりました、執筆にあたっての取材費に関してはご用意しますよ。さすがに海外取材となるとむずかしくなりますが、国内の取材なら」

「ありがとうございます」

光一は頭を下げて感謝のコトバを発したが、頭を上げると真剣なまなざしで城島を直視してさらに続けた。

「城島さん、物議を醸しても構いませんか?」。城島は、一瞬ぎくりとしたが平静を装って応えた。

「ブツギ、けっこうじゃないですか。出版業界は、話題に飢えているんです。古代史研究家の死、そして歴史上から抹殺された民族の正体。いいじゃないですか、醸しましょうよ、物議でも酒でも」

城島はここまで話すと、さらに居住まいを正してから続けた。

「これも何かのご縁です。編集者としてとことん付き合いますよ」


「もう一杯、コーヒーを淹れてくれないか」

城島が帰った後、光一は小太郎にそう告げると自分のデスクトップパソコンに向かい調べ始めた。さきほど城島が話していたネット上での反響を確かめておきたかったのだ。

最近はすっかり鶴亀堂の一連の件に気をとられていた。そのせいもあって、自分の書いたエッセイの反響などというものに気をとめていなかったのだ。

最初にアドニュース社のサイトを覗いてみた。出版物紹介の冒頭にでかでかと自分の本が紹介されている。

『広告界のプリンス・葛城光一　渾身の初エッセイ』『早くも1万部突破』『コトバのパワーを知り

尽くした男のつぶやきを聞け』

本人にとっては歯の浮くような照れくさい文字が並んでいる。光一は一人苦笑いをした。『コトバジリ』というタイトルには、光一ならではの思い入れがある。それは「コトバを知っているぞ」という自負をにじませながら、「コトバ尻をとらえる」というように「日常のコトバに隠されたどんな小さな秘密も見逃さない」という姿勢をも表しているのだ。

聖人の「聖」は「ひじり」と読むが、この「ひじり」とはもともと「日知り」、つまり太陽にまつわる秘密を知っている人のことをそう呼ぶのだという。光一は、こうした意味を重ね合わせて自身初の本に『コトバジリ』と名づけた。

当初は、「日本語のふしぎ」というテーマでコピーライターの養成講座で話した内容をふくらませて書き始めたのだが、書き進めるうちに熱が入り、やや深い内容に仕上がった。日本語には、ひらがな、カタカナ、漢字という3種の文字があり、その1文字1文字に驚くべき宇宙の神秘が隠されている。日ごろからそう感じていた光一は、素直にその気持ちを表現したのだ。

ひらがなのふしぎ、カタカナのふしぎ、漢字のふしぎ。日本語はなぜ3種の文字の混合なのか。「漢字を発明したのはだれか」というくだりでは、一般的に知られている事実を紹介しながら、光一独自の仮説を披露した。

漢字は「漢の字」と書くように中国固有の文字体系だというのが一般的な常識だ。ネットを使って調べればすぐに「中国の殷王朝期に発明された」とか「蒼頡（そうきつ）という人が発明した」といった情報が得られる。

紀元前2000年代の中国の初代皇帝である黄帝に仕えた「蒼頡」。この「蒼頡」という人物があるとき、鳥の足跡を見て思い立ち漢字の原型をつくったという。この手の話は、それを否定する手段がないから、そんなものかと信じてしまうものだ。しかし光一は、さまざまな文献を読みあさるうちに、驚くべき記述を目にした。

それは、「蒼頡」という人物は、日本人の祖先であるというものだった。もしそれが事実だとすれば、中国5000年の歴史そのものだって怪しいものになってしまう。

しかし、歴史学の本流から外れた文献を読み込んでみると、あながちそれが根も葉もないデタラメとも思えなくなってくるのだ。

●

「これだな」

光一はさらにサイト内での反響を調べていくうち、あるブログにぶつかった。城島が話していた光一のエッセイに対する批判的な意見、その中心にあるようなブログだった。

『歴史警察』。そんなタイトルがつけられたブログは、全体がよく整理されていてなかなかに見ごたえがあった。

まるで芸能タレントのブログだな、光一はそう感じた。一人でつくっているにしては立派すぎる。その道のプロが手掛けているのは明らかで、それなりの金額がつぎ込まれていることは確かだった。ブログの内容から推し量るに、どうやらどこかの大学の関係者のようだ。それも、歴史の類を研究しているらしい。歴史を教えている人間ということだろうか。

「歴史上最悪の本」と題された最新のコラムを見つけた。この最悪の本とは、どうやら自分の本のことのようだと直感した光一はさっそく読んでみることにした。

どうやらこのブログの男は、歴史に関係する新刊本を探して読みあさっているようだ。そして、この男独自の価値観に基づいて容赦ない批評をしていた。

コピーライターのような企業のちょうちん持ち風情になにがわかる……。

歴史のなんたるかがわかっていない……。

インチキ本、トンデモ本の類はいますぐ焼き捨てよ……。

こういったいい加減な内容が歴史認識に混乱を招くのだ……。

こうした過激な攻撃ワードがそこかしこにちりばめられている。まるで私的な検閲だな、光一は感じた。それにしてもなぜこうもコトバの選び方が過激なんだろう。そのヒステリックなまでの過激さが、ネット右翼、俗にいう「ネトウヨ」を彷彿とさせたが、それとも違うようだ。

他のコラムに目を通すと、ほめちぎった内容のものもある。それは一般的で常識的な歴史観に基づいた優等生的な文献に対してのものだった。

なんなんだこれは。なぜ、これほどまでに偏見に満ちているのか。そしてなぜ、一般的な歴史観にそぐわない仮説や新説に対して攻撃的なのか。


御用学者か。光一はそう思った。

御用学者とは、権力者に媚びへつらう学者といった意味で使われる。調査や研究結果を改竄したり恣意的に解釈したりして、権力者や統治者に都合のよい結果を導き出す者がこう呼ばれるのだ。そこまで恣意的でないとしても、新しい発見や新しい可能性に気づいたとしても、それを黙殺してしまう者もこの御用学者の範疇に含まれるだろう。学問の世界には厳然と権力をもった存在を頂点にしたヒエラルキーが存在する。それが国家権力と密接に結びついていることだって容易に考えられる。権力者にシッポをふって生きていればこんな楽なことはない。長いものに巻かれていればそれなりの地位は用意され、生活は保障されるのだ。

しかし、これだけ批判的な論調で書いていれば当然、反論や反感を食らうことだってあるだろう。

光一は、このコラムへの書き込みを調べてみた。

驚くことに賛同している書き込みばかりだ。

なんなんだこれは……。まるで仲よしクラブじゃないか。

なにか作為的なものを感じずにはいられなかった。なにか大きな存在に保護されている……。そんな印象を持たざるを得なかった。

●

そう言えば……。光一の意識はいつしか過去に飛んでいた。日本史と世界史。高校時代には、選択科目だった覚えがある。それも日本史と世界史のどちらかを取ればいいというものだった。光一は当時からこのシステムを疑問視していた。日本史と世界史、どちらかということはないだろう。どうせ学ぶなら両方に決まっている。でなければ、日本と世界の相関性すらとらえることができないではないか。

民族は大昔から移動を繰り返しているのだ。定住の地を持たない遊牧民族はもちろんのこと、ときに大規模な干ばつや洪水に巻き込まれ、新たな土地を求めて移動するものだ。だから国家単位で歴史を探ったところで、人類史という大きな視点から見ればほんの切れ端にしかならない。

学問の体系を細分化することによって、なにかメリットでもあるのだろうか。少なくとも学ぶ側にはないはずだ。

事象の相関性を見えづらくしてしまう。全体像をわからなくしてしまう。それによって知りたいという好奇心の芽をそいでしまう。そしてなによりも罪深いのは、学問自体をつまらなくしているということだ。

だから光一は、独学で学び始めた。とくに歴史に関しては、いままでに身につけた知識をすべて捨てることから始めた。自分の中にある巨大な年表を1度白紙に戻すことは、思ったより苦痛だった。

光一はもう一度、頭の中に真新しい巨大な年表を置くことにした。それは、数万年、いや数千万年、数億年のスケールだ。そこに、独学で知りえた出来事の一つひとつを吟味しながらはめ込んでいく。こうした気の遠くなるような作業をコツコツと積み上げてきた。

歴史に関して……。とくに人類史に関して……。我々はあまりにも無関心すぎる。そもそも、なぜ我々人類はこの地球という星に棲息しているのか。我々の、この星での営みにはいったいどんな意味があるのか。我々人類の共通の目的とは何なのか。みんなそれを完全に忘れてしまっている。日々の仕事や人間関係に翻弄され、そんな壮大なテーマになど目もくれず、みんな忙しく動き回っている。それがいまの我々の現状だ。

そんな中で、「我々人間はなんのために生れてきたのか」なんて青臭い疑問を問いかけようものなら、ノイローゼ扱いされるか、変人扱いされるのがオチだ。

しかし、ここ数年、風向きが確実に変わってきていることを実感として感じ取ってもいる。

みんな、ほんとうのことを知りたがっているんじゃないか……

そんな確かな意志を感じたのは、光一が講師を務めているコピーライター養成学校での出来事だった。「実践的な発想法とコピーワーク」をテーマにして講座を進めるはずだったのだが、ひょんなきっかけでコトバに宿るパワー、コトダマについてふれたとき、ホール内の空気が明らかに活気づいたのを感じた。「もっと聞きたい」「コトバの持つパワーについてもっと知りたい」という要望が殺到した。その後、講座担当の責任者の了解を得て講義の内容を変更し、コトバ、コトダマを中心にした講義へと切り替えた。やがて宇宙論、生命論、宗教論、物理科学、音楽論にまで広がり、最近では、人類史にまで広がっている。講義は回を重ねるごとに熱気を帯び、人を集め、業界内にとどまらず話題になり、ついには数百人規模のホールでの特別講義にまで発展した。

人間の身体の深い部分にあるなにかが真実を求めている。閉じられていた真実への扉がいま、開かれつつある。そんな中での光一の処女作である本の刊行は、最高のタイミングでもあったのだ。

「これは、ひと荒れしそうだな」

光一は『歴史警察』のブログを見て、そう感じた。

投げかけた石が思った以上に大きかったのかもしれない。波紋が水面に広がっていく。しかし、それは光一にとって想定内のことであり、むしろ待ち望んでいたことでもあった。

●

翌朝、いつものように事務所に出て、いつもより早めに仕事に取りかかっていると、来客を告げるチャイムが鳴った。小太郎が応対する。

「光一さん、ミサエさんです」

「ミサエが……。なんなんだ朝から」

怪訝な顔で出迎えた光一に、ミサエは無造作にソファに座るなりこう言った。

「光一、あんたまずいよ」。そういうと間髪を入れずに話し始めた。

「夕べ、あんたの夢を見たんだよ。でっかい波がやってきてさ、あんたが乗っていた小舟が転覆したんだ。最初は転覆した舟につかまって木の葉のように波間にただよっていたんだが、そのうち渦に巻き込まれて舟もろとも沈んでいっちまった。あたしは名前を叫び続けたよ。あたしにはそれしかできなかったんだ。ずいぶんはっきりとした夢だったんだ」。そこまで話すとミサエはひとつ深いため息をついた。

「なんか、まずいこと起きていないかい」

「いや、なにも……」

「なんにしても気をつけたほうがいい。あんたには間違いなく危険が迫っているよ。あたしの夢は当たるからね。あ、小太郎、あたしコーヒーじゃなくて、お茶がいい。熱いお茶を淹れておくれ」

　小太郎に向かってそう言った後、ミサエがさらに続ける。

「あんたの書いた本のことだけどね。いいことだと思う。この国の歴史を少しでも正そうとしているんだからね。この国の歴史を正していくことは、国を整体しているようなもんなんだよ」

「国を整体……？」

「ああ、そうさ。国体っていうだろ。どんな国にだって身体があるじゃないか。身体があるんだから背骨もあって、肉もあって血も流れているんだ。その背骨が歪んでいるんだよ。人間だって、背骨が歪んでいたら元気が出ないだろ。背骨のゆがみは、血の流れを悪くして内臓の働きまで悪くなるんだ」。小太郎が淹れてきたお茶を手にしたまま、ミサエはさらに話を続ける。

「日本なんてひどいもんだよ。大切な背骨が右へ左へと曲がっちまってる。それを元に戻すにはどうしたらいいかわかるかい。歴史、歴史なんだよ。歴史を正しく修正していくことがどれほど大切なことか」

　ここまで話すと、ようやくお茶をひと口飲み、熱さに顔をしかめながらも話を先に進めた。

「あたしはハリが専門だけどさ、整体だって、ハリだってやってることは同じだよ。半病人の人間の身体を毎日毎日見ているとさ、わかるんだよ。この国は、背骨がぐにゃぐにゃに曲がっていて、あちこち経絡の流れが詰まりに詰まっていて、息も絶え絶えだってね。だからさ、光一、あんたがさ、日本の歴史を正しいものに直して、日本を生き返らせてやらなきゃいけないんだよ」

ここまで黙って聞いていた光一は、ようやく口を開いた。

「ずいぶん大げさないい方だな。オレが日本の歴史を正す？　オレが瀕死の日本を救う？　残念だがオレはそんなに大それたことを考えてないよ。なあ、ミサエ。心配してくれるのはありがたいけど、そのことでオレが危険にさらされると言うのは、ちょっと現実的じゃないな」

「あんた、あたしが見る夢を見くびっちゃいけないよ。いいかい。あんたのことが心配だからこうしてわざわざ言いに来たんだ。それを大げさだとは失礼しちゃうじゃないか。あたしの話を信じないないならそれでいい。ふん。あたしはもう知らないからね」

「わかった、わかった。そんなに怒るなよ。オレはオレで歴史の真実の大切さを感じている。だから、あんな本を出したんだ。それに、次の本ではさらに人類の歴史の真実に迫ろうと思っている。それがこの国の背骨を矯正することになるのかどうかは知らないが、とにかくオレはこの流れで本を書くことにするよ」

「あんた、ほんとに気をつけないと危ないんだよ。日本の歴史だけじゃない、世界の歴史をいまのまんまにしておきたい連中がいるからね。そいつらはとくに日本を死にかけの状態にしておきたいんだ。そいつらがきっとじゃまをしてくるよ。だから……」

「わかったよ。ご忠告ありがとう」

「ただし、あたしを巻き込むんじゃないよ。あんたに巻き込まれるとろくなことないからね」

第四章

「――光一さん、よくない波動が近づいてきます――」
小太郎が久しぶりに耳デンワで話しかけてきた。小太郎がこうして直接、自分の頭の中に語りかけてくるときは必ず何かが起きる前ぶれだ。

この日も事務所で、調べものやアイデア出しに追われ、時間も忘れてデスクにかじりついていた午後のことだった。

いきなり来客を告げるチャイムが鳴る。瞬間、小太郎と目を合わせた光一は、小さくうなずいて応対するように促した。

「葛城光一さんの事務所はこちらですか」。インターホンの向こうから男の声が聞こえた。「はい、そうですが、どんなご用件でしょうか」。小太郎がそう問いかけると
「葛城さんが出された本のことでちょっと……」
目で問いかけてきた小太郎に通すように合図をして、心の準備を整えた。ほどなくして、その男

は一人静かに入室してきた。

「ノーアポイントメントで申し訳ない。私はこういう者です」。そう言って名刺を差し出すと、その小さな紙片には「学校法人桃川学園　女子短期大学　准教授」の肩書。その下には、御法川郁夫という名前が印字されていた。

「ミノリガワさんとお読みすれば……」

「はい。ミノリカワイクオです。川は濁りません」

コトバ遣いとは裏腹に、どこか相手を見下したような物腰が気にかかった。

そうか、この男……。

「もしかして、『歴史警察』の……」

光一が予感した通り、先日調べていた独りよがりなブログの張本人だった。

「葛城さん、あなたがお書きになった本読ませていただきました」

ヴィヴィッドなレッドのアクセントカラーが印象的な眼鏡をかけている。実年齢は40歳を越えたというところか。いかにも学者然とした物腰。ブログに書き込んでいた過激な文章からは想像もできないほど紳士然としていることに、光一は少なからず違和感を覚えていた。

来客用のソファを勧めるとその男は平然と腰を掛け、ほぼ同時になにかに驚いたような声を上げた。

「ほー。これは」

男はそういうと、ソファに下ろしたばかりの腰を上げ書棚へと歩み寄って行った。

「あなたの読書量も相当なもののようだ」

顔を近づけて書棚の本という本をなめまわすように観察している。それを見た光一はいい気分がしなかった。しかし、ここに招き入れた以上、いまさら見るなともいえない。

「ハハァ、やっぱりそうか。あなたが読書家なのは認めますがね、残念なことにここにある本の多くは偽書だ。偽書、偽書、偽書。これも偽書。トンデモ本もかなりある」

男は、書棚から一冊の本を取り出し、それを手にふたたびソファに腰を下ろした。

「ほほう、付箋がいっぱいだ。勉強熱心なのはいいことですが、偽書ばかりを読んでいてはなんの学びにもなりませんよ」

男はそういいながらパラパラとページをめくり、その分厚い本を目の前のテーブルに置いた。その様子を見ていた小太郎がテーブルに歩み寄り、明らかに憮然とした態度で無言のまま本を書棚に戻した。男はそれをニヤニヤしながら眺めていたが、やがておもむろに足を組むと、一つため息をついてこう言った。

「困りますねえ。あんないい加減なことを書かれては」

「私もあなたのブログを読ませていただきました。かなり辛辣な内容ですね。ネットだけでは飽き足らず、直接クレームをつけに来たんですか」

「こういうふざけた本を書くのはやめたほうがいい」

「ふざけたとは……」。光一はややムッとした口調でそう聞き返した。

「キミはなにを知っているというんですか？　広告屋の分際で」

「あなたはケンカを売りにきたんですか？」。光一のひと言に小太郎が反応し、自分のデスクから離れて、男の背後にまわった。男は小太郎の動きを気にしつつ、悠然と目の前の光一に語りかけた。

「ははは、これは失礼、言いすぎました。私はケンカが嫌いでね。ただ、ケンカはケンカでも議論というケンカならいつでも買って出ますよ」。御法川と名乗る男は、組んでいた足を組み直すとさらに続けた。

「本の中で、あなたは漢字の発明者である『蒼頡』について語っている。その蒼頡を、あろうことか日本人の祖先ではないかと言っている。なにを根拠にそんなデタラメを書くのか、私には到底理解できない」

●

「私はその可能性がある、と言っているだけです。少なくとも『蒼頡』は漢民族ではない。『蒼頡』は、司馬遷の『史記』の『五帝本紀』で語られている黄帝の時代の人物です。西暦でいうなら紀元前2500年前。この時代、漢民族は存在していなかった。漢民族が現れるのは、秦の始皇帝以後のことです。だから漢字という呼び名すら正しくないと思っています。漢字の起源だけではない。検証する必要のある仮説が他にもまだたくさん転がっています。それを放置しているのは、あなたがたのような職業としての歴史家なのではないですか？」

　光一の話を聞きながら、男の表情は見る見るうちにこわばっていった。

「なにをバカなことを言っているんだ。君の話を聞いていると頭が変になりそうだ。歴史的な事実はほぼ確定しているんだ」

「たとえば、司馬遷の『史記』は漢の時代の歴史書です。西暦で言うなら紀元前１００年前後かな。司馬遷はそれよりもはるか昔の歴史文献を集めて、漢民族にとって都合のいいようにまとめ上げた。それが『史記』の実体なんです。五帝時代の黄帝の正体は、アッカド王サルゴンです。ついでに言うなら、殷はイシンであり、夏はウルクであり、秦はアケメネス朝ペルシャであり、周はアッシリア。つまり、秦以前の中国史はすべてオリエント史からの借り物なんです。それに……」

「もういい。やめたまえ」

　手のひらを光一に向けてそう制すると派手めの眼鏡を指先で押さえた。眼鏡に手をやるポーズは、冷静さを取り戻そうとするときの癖なのだろう。光一はそう感じた。

「残念ながら、わたしの専門は日本史でね。中国史やオリエント史もひと通りは学んだがあいにくそれほどは詳しくない」

「こま切れの学問体系が真実を見えなくしていると思いますよ。歴史というのは突きつめれば人類史であり地球史なんです。だから、あらゆる地域の歴史はすべてつながっている。そういう視点で見ていかなければ、なにも見えてはこないと思います」

　ふん、門外漢の分際で生意気な。コトバには出さないが明らかに見下したような表情を浮かべて、光一を凝視している。そして、自らの体面を取り戻そうとするかのように、やや居丈高な口調で投げかけた。

「それじゃ聞くが、キミはヒミコや邪馬台国についてどのような見解を持っているんだ？」

「もうやめませんか？　さっきもやめろと……」。光一はそらしていた目線を男の顔に戻した。

「どうせまた、ろくでもない珍説をひけらかすんだろうがこの際だから一応聞いておこうかと思ってね」

　そのとき、光一はとっさに考えを巡らせた。目の前にいる凝り固まった価値観の主を、ガチガチの石頭を、すこしでもほぐしてやりたい。そのためには多少の荒療治が必要だろう。そこで光一は、意外な観点からコトバを繰り出してみることにした。

「肌の色は透けるように白く、髪は金髪、目は碧眼……」。光一はそれだけ言ってから、男の顔を正面から見据えた。そしてこう続けた。

「ヒミコはそんな外見でした」

「ハハハ、キミはまるで見てきたように言うね。ヒミコが金髪のガイジンだと言うのか。わたしはキミの自由すぎる発想がうらやましいよ。その発想はあまりにもＳＦ的だ。つまりフィクション以外の何ものでもない。そうだ、ヒミコは金髪で蒼い目のガイジンだった。そんな設定でＳＦ小説を書けばいい。これは売れるぞ。ヒミコをテーマにすれば歴史の素人でも飛びつくからね」

「これは、フィクションではなく、ボクなりに文献を調べた上での仮説です。そもそもヒミコの文字は、後の漢民族が考えた当て字です。この卑という文字の選び方は、自分たち以外の民族を劣等だと差別する選民思想がよく出ている。ヒミコは、シュメール文明末期ウバイドの女王だった、しかし、好戦的な民族に侵略され、国を捨てて東に流れ、マレー半島に新しい勢力圏をつくるんです。それが、ヤーヴァ・ドヴィーヴァ。のちの邪馬台国です。ヤーヴァのヤに悪字の邪を当てるのも同じく漢民族らしい発想です」

●

ここまで話すと光一は少し間をとり、右手で自分の髪をくしゃくしゃにした。そうすることによって散逸していた頭の中の情報が集められ整理されてくる。そしてさっきよりさらに自信に満ちた口調で話を続けた。

「その後も彼らは好戦的な民族の侵略を受け、東へ東へと移動してくる。遼東半島に新たな勢力圏をつくり公孫氏という名で呼ばれるがそれも長続きせずさらに東進する。そして日本の九州に上陸して大物主という名前で呼ばれるようになる。これがヒミコにまつわる大まかな流れです」

男は腕を組み、半ば呆れ顔で光一の話を聞いていた。そして腕をほどくと、ゆっくりと拍手を始めた。「葛城教授の講義は以上かな」

「いや、すばらしい。よくもこんなに荒唐無稽な話がスラスラと出てくるものだ。それにしても、このわたしを捕まえて歴史の講義とは恐れ入ったよ」。男は精いっぱいの皮肉を込めたつもりでそう言った。

「キミの話の筋書きからすれば、ヒミコのいた邪馬台国は、日本列島のどこになるのかな」

「いえ、ヒミコも邪馬台国も、この日本列島には渡ってきていないと思っています」

「なにをバカな……。ふざけたことを言うんじゃない。キミはわたしをバカにしているのか」

「いえ。あなたに問われたから、自分の見解を話しているだけです」

男は思わず口ごもった。ひるんだ男の様子を見て光一は質問を投げかけた。

「そもそも『古事記』や『日本書紀』に書かれている内容は、すべてこの列島で起こったこととお考えですか」

「それは、そうとも限らないだろう。とくに『古事記』は神話の要素が多いからな」

「神話とされているエピソードは、ほとんどが西方の古代史の写し、つまり借史だと思っています。コデックスという単語の意味をご存知ですか。スペルはCODEX。冊子状の写本という意味です。コデックスと『古事記』、似ていると思いませんか。ボクは、『古事記』という表記はこのコデックスからの転訛だと思っています」

「わたしとキミとは、どこまで話しても接点が見つからないようだ。残念だよ」

「いえ、ボクはそうは思いません。あなたは歴史学者である以上、いまボクが話した事柄や仮説を目にしているはずです。そしてあなたもキモチのどこかで、それらの仮説のいくつかに真実を感じ取っているのではないですか。真実とはたった一つです。立場とか体面、保身のための判断はやめましょうよ。歴史の真実を追い求めましょうよ」

いつになく熱く語っている自分がいる。そんな己の姿に気がつき、呼吸を整えた。

「ボクはこれから、ヒミコや邪馬台国のルーツや謎に包まれた倭国の正体、さらに遡って人類のもう一つの起源を解き明かす本を出そうと思っています」

男は話を聞き終えて、一つ大きなため息をもらした。

「キミは、ほんとに困った人だ。まだ懲りずに本を出そうと言うのか。世間の歴史観を混乱させるだけだぞ。それに、キミがそういう姿勢だとけっしてハッピーなことにはならないと思うがね」

「もしかしてそれは、脅しですか」

「ははは、脅しとは心外だな。私はキミのために忠告しているだけだ」

●

一瞬、沈黙が二人の間を横切った。窓の外ではどこか遠くで、緊急車両のサイレンが鳴り響いている。

光一はタイミングを見計らって口を開いた。

「ちょうどよかった。ボクもあなたに聞きたいことがあります」

「ほー。私に興味を持っていただけるとは光栄だ。なんなりと」

「『歴史警察』とはいいブログ名ですね。意図がよく伝わる」

そう言うと、光一はあらかじめプリントしておいたブログの冒頭部分を読み出した。

「歴史の真実を追い求めるため、正しい歴史観を守るため、『歴史警察』はつねに目を光らせている
……」

「そうやって面と向かって読み上げられると少し気恥ずかしいな」

男は照れくさそうにしていたが、それを尻目に光一はさらに続けた。

「正しい歴史観とは何なのでしょう。いったいなにが正しいのか。誰にとって正しいのか。歴史の真実を追い求めているのは、私も同じです。私とあなたでは、いったいどこが違っているのでしょうか。アカデミズムの側に立つあなたは、ほんとに歴史の真実を追い求めているのでしょうか。偽書のレッテルを張ったまま、相変わらずそれを検証しようともしないのは怠慢以外の何ものでもないですよね。あなた方アカデミズムの人たちは、真実の歴史が掘り出されるといろいろ困ることがでてくる。だからいつまでもフタをしておきたいんじゃないんですか？」

「偽書はどこまでいっても偽書のままだ。結論はとっくに出ている。なにをいまさらバカバカしい」

そう言って憤慨している相手を光一はよく観察していた。さかんに派手めな眼鏡に手をやっている。しかもその手が心なしか震えている。案外……この男。気の小さい人間なのかもしれない、と光一は思った。

「歴史的事実が次々と塗り替えられていけば、教育者たちはいままでなにを教えてきたんだということになりますよね。そうなると、彼らの権威は立ちどころに崩れ、いまの立場だって怪しくなる。あなたの場合、職を失うことにもなる」

「じつに不愉快だ。不愉快も甚だしい」。男は一瞬声を荒げたが、すぐに冷静さを取り戻し、落ち着いた口調で言った。

「とにかくだ。キミのような歴史に関して素人の人間が、根も葉もない根拠を振りかざして歴史家のマネごとなんかしないほうがいい。広告業界では名の売れたキミのことだ。本業のほうで精を出せばいいじゃないですか。馴染まない世界に首を突っ込むと、ろくなことにはならない。もし二冊目の本を出すというのなら、わたしはアンチキャンペーンを張りますよ。ただし、あくまでも合法的な手段でね」

この男とは、どこまでも平行線のままだ。男が話し終えたのを見計らって、光一は口を開いた。

「御法川さん、わざわざ来ていただいてのご忠告ありがとうございます。あなたのおっしゃりたいことはよくわかりました。私はこれから仕事がありますので、すみませんがここでお引き取りください」

できうる限り丁寧な口調でそう言うと、光一は自ら席を立ち男に退席をうながした。男はやれやれといった仕草で席を立つと、光一の顔を正面から見つめてから踵を返し、ドアに向かって歩き始めた。

「守屋龍心……」

そのとき光一は思い立ち、男の背中へ向けて一人の人物の名前を投げかけてみた。

男は立ち止まり、ゆっくりと振り返った。その表情には、いかにも戸惑いの色が浮かんでいる。

「なんですか、いきなり」

「守屋龍心。もしかしてこの名前に心当たりがあるかなと思って」

「守屋……？」

「そう、モリヤリュウシン。私よりもはるかに研究熱心な市井の古代史研究家です。あなた方にとっては厄介な人物だから、当然知っているかなと思って」

「さあ、知りませんね。それがなにか」

「先日、謎の死を遂げました。殺された、といったほうがいいかもしれません」

「謎の死だかなんだか知らないが、私にはまったく関係のないことだ。失礼するよ」

男は少しイライラした口調でそういうと足早に去っていった。

「小太郎、窓を開けて換気をしよう」

二人は手分けして、大通りに面したガラス窓を開け放ち、反対側にある玄関のドアを開放して、一気に風を通した。

その日の夕方、光一は小太郎と築地にいた。古巣である大手広告代理店「創造」の営業に依頼された案件の打ち合わせをした帰りだ。表通りから裏路地へ。薄暗い袋小路の奥の、小さなすし屋のカウンターに座ると、琴音に電話をかけて呼び出した。

「創造」の社員時代から通っている店で親方とは気心が知れている。オーナー親方なのだが意外に若く、光一と妙に気があっている。まだなにも注文していないのに、さっそく貝類を中心としたつまみの盛り合わせが目の前に出されている。これもまた注文していない瓶ビールとグラスが並べられたのとほぼ同時に琴音がタイミングよく入ってきた。

「早いな」

「光一さんからのお誘いなんて珍しい」

すし屋のカウンターでアツアツのおしぼりを手でもてあそびながら弾んだ声で琴音が言った。

「おまえ、よっぽどヒマなのか?」

「そんなことはどうでもいいんです。それより、なにかあったんですか?」

「いや、なにもない」

「うっそー。なにかあったって、顔に書いてありますよ。ね、小太郎君、なにかあったんでしょ?」

琴音に話を振られ、小太郎は仕方なく今日の午前中の来客のことを白状した。

「そうだったんだ。光一さんの本にケチをつけてくる奴なんか、わたしがいたら塩まいて追い返してあげたのに」

瓶ビールを手に取り、それぞれのグラスに注ぎながら琴音は続けた。

「大学の教授って、どこの」

「えーと、桃川学園とかなんとか……」

「聞いたことないわ。どこにあるのかしら」

「さあ、わかりません」

「それで、どんなだったの？　そのバトル」

「光一さんのほうがだんぜん優勢でした」

「へえ〜、そうなんだ」

矢継ぎ早に質問をしてある程度は満足したのか、琴音は壁にかけられたメニューに目をやった。光一は、供（きょう）されたつまみをつまみながらビールを飲んでいる。

「光一さん、元気を出してくださいよ。さあ」

「おまえは、いつもあっけらかんとしてていいよな」

「それでそのバトル、どんな内容だったんですか？」

光一はようやく重い口を開いてしゃべり始めた。

「オレが書いた本の内容についてだ」

「あ、あの本。あの本の内容になにか問題でもあったんですか？」

「その男が言うには、内容すべてが問題なんだそうだ。ミノリカワと名乗るその男は、『歴史警察』というサイトを立ち上げ、自分の意にそぐわない文献などを見張っているそうだ」

「へんなの。ゲシュタポみたい。独裁国家じゃあるまいし。いまどきそんな人がいるんですね。そんなの無視すればいい」

まるで自分ゴトのようにコトバに怒りがこもっている。琴音のそんな態度を見て光一は少し気分が軽くなった。

「独裁国家か。それ、案外当たっているかもな」

「独裁国家って、日本がですか。そんなバカな」

「オレたちは気がつかないうちに檻に入れられているのかもしれないぞ。まあ、その話は今度する。あ、大将、升酒もらえる？」

琴音は納得いかない様子だったが気を取り直し、明るい声でこう告げた。

「あ、大将、小肌握って」

琴音は切り替えが早い。それが彼女のいいところだと思った。

「そう言えばあの人、邪馬台国のこと聞いてきましたよね」

　会話の切れ間を縫うようにして小太郎が珍しく口を開いた。

「ああ。彼は日本史、それも古代史が専門らしいからな。邪馬台国、ヒミコ論争は昔から喧しい。きっと相手の度量や理解度を推し量るために持ち出してきたんだろう」

●

「メソポタミア文明の中に『ウバイド』と呼ばれる時代があったのを知っているか」

「ウバイドですか。聞いたことないなあ。変な名前ですよね」

「そもそもメソポタミアとは『二つの川に挟まれた場所』という意味だ。その名の通りチグリスとユーフラテスという二つの川に挟まれ、豊かな水資源に恵まれた場所だった。そのメソポタミアの最南部にウバイドは存在した。西暦でいえば紀元前5500年から3500年前のことだ。ウバイドを直訳すると『イドの近く』『イドに寄りそう』。巨大な水源を持つ国という意味になる」

「でもちょっと待ってくださいよ。イドってまるで日本語みたい」

「水が湧き出して流れる場所という意味では、川も井戸も同じだ。だから川もイドと言ったのかもしれない」

「日本語とウバイド語って似てる」

「あの、ちょっといいですか」

いつもはおとなしく聞いているだけの小太郎が珍しく身を乗り出して興奮気味に尋ねた。光一は琴音につられて升酒を注文すると小太郎に向き直って質問をうながした。

「そのウバイド文化と邪馬台国ってどうつながるんですか」

「そうだったな」。光一は残っていたビールを飲み干し、さらに続けた。

「ウバイドの女王が、ヒミコだと言ったらどうだ？」

「え〜、うっそ〜」

聞いていた琴音も小太郎も思わず身体をそらし声を上げた。

「ウソじゃない。真実だ」

「ウバイドは完全な女性原理の社会だった。部族の長がヒミコ。彼女はシャーマンとして神からのメッセージを受け取り、母親のような存在として君臨し、平等を旨として家族的な社会を形成していたんだ。典型的な縄文女性原理社会と言ってもいいだろう」

聞いていた琴音と小太郎はしばらくあっけにとられていたが、琴音がいち早く我に返り光一に質問した。

「じゃあ、ヒミコは外人だったんですか？」

「一説によれば、ヒミコはギリシャ系フェニキア人。肌の色は白く、金髪で碧眼だったという」

「え〜、完全にガイジンじゃないですか」。いつもは冷静で無口な小太郎が興奮している。

「いままで誰もが抱いてきたイメージとは全然違いますね」

「邪馬台国もヒミコもすべて日本列島の出来事にしておきたかったんだろう」

光一がそう答えると、今度は琴音が身を乗り出して、口を挟んできた。

「え、誰がですか。なぜそんなことを隠す必要があるんですか。ヒミコが遠いところから来たガイジンさんだってちっとも構わないし、そのほうがドラマチックで面白いわ」

「いまはそうかもしれない。しかし、そんな事実さえ隠さなければならない時代があったんだ。偽史ねつ造シンジケートって知ってるか」

「偽史ねつ造シンジケート？　なんですか、それ」

「明治政府がつくり上げた組織だ」

「明治時代ですか」

「大政奉還の後、幕藩体制から新政府へ移行するときのことだ。国家体制の大変換。国が大混乱に陥る危険もあった時代、国民の気持ちを一つに束ねておく必要があった。２８０年も続いた幕府のように強固な絶対的権力が必要だった。それを天皇に託したんだ。だから、天皇を神格化し、現人神（あらひとがみ）としての天皇をつくり上げた。万世一系の皇国史観だ。『日本民族』の統合の中心を『万世一系の皇室』に求める思想。1889年に制定された大日本帝国憲法で日本は、万世一系かつ神聖不可侵の天皇が統治すること、と明記したんだ」

光一はここまで話すと升酒をひと口飲み、ふたたび話を続けた。

「まず天皇家が朝鮮半島からの渡来部族であることを隠したんだ」

「え〜、なんですかそれ？　天皇家って朝鮮半島から渡ってきたんですか」

琴音が素っ頓狂な声で叫んだのを見て、光一は慌てて
「おい、声のボリュームを下げろよ。この手の話はタブーだ。どこで狂信的な右翼の連中が聞いているかわからないからな」

「はい、すみません」。琴音が周囲をうかがいながら小さな声で謝った。光一はひと呼吸おくために、貝の刺身に箸を伸ばし、醤油をつけて口に運んだ。

「光一さん、今夜の話はすごすぎます。私、頭がクラクラしてきました」

「大丈夫か？　今夜はこれでやめておくか」

「いえ、ここまで聞いてしまったら後には引けませんよ」

「そうか、じゃあ続けるぞ」。光一のこのひと言で、隣の琴音が姿勢を正した。

「天皇家が朝鮮半島からの渡来部族であることを隠すため、彼らはありとあらゆることをした。一度ウソをつくとどうなるか。ウソを正当化するためにまたウソをつく。そしてまたそのウソを繕うためにウソをつく。こうして限りなくウソを積み重ねてきたんだ。歴史学者たちを使い、公式の文

献に関する解釈を捻じ曲げ、自分たちに都合のいいように話をつくり変えた。さらに日本国内にあるあらゆる歴史書を調べ、万世一系の皇国史観に反する内容の文献を残らず葬り去った。それだけでは飽き足らず、朝鮮や中国にまで手を伸ばし、日本に係る文献や資料を見つけて、略奪したり、改ざんを加えたり、目に触れぬように隠そうとした」

「……」

琴音も、小太郎も、すっかりコトバを失っていた。琴音にいたっては、がっくりと肩を落としている。光一はそんな琴音の様子をうかがいながらさらに続けた。

「その偽史ねつ造の行為は、なにも明治時代に始まったことではない。偽史ねつ造の歴史は、はるか古代にまでさかのぼる。歴史とは誰のものか。少なくともこれだけは言える。それは、間違いなく戦争の勝者のものだ。敗者の歴史は、ときに奪われ、ときに抹消される。そして連綿と勝者の歴史として書きかえられていくんだ」

しばらく沈黙が支配した。まるでお通夜のような雰囲気があたりを支配している。

彼らには刺激が強すぎただろうか。こんなにしゅんとしている琴音を見たのは初めてだ。なにか慰めのコトバをかけようとしても、いいコトバが浮かばない。コトバを探しながら刺身のつまに箸を伸ばすと、琴音がやっと口を開いた。

「なんかがっかりです。日本が、そんな国だったなんて」

「……」

「私、日本に生まれてきたことを誇りに思っていたんですよ。こんなに自然が豊かで、四季があって、人々は謙虚で礼儀正しくて、やさしくて。東北の大震災のときだって、日本人は奪いあいをせずきちんと整列して食料を受け取っていた、とか。外国の人たちが感心してたじゃないですか。あ～ぁ、私がっかりだなぁ」。本気でがっかりしている琴音を見て、光一は言った。

「確かにこの国は明治維新のとき、欧米列強に魂を売り渡してしまったと言っていいだろう。ごく一部の人間たちによってな。しかしだ……」。光一はこの最後のコトバに力を込め、残っていた升酒を飲み干すとさらに続けた。

「そうがっかりすることはない。オレたち日本人の血の中には、間違いなく歴史上から消された誇り高き民族の血が流れているんだからな」

「誇り高き民族……」

「そうだ。かつてこの地球上に暮らしていた誇り高き民族。彼らは高い精神性をもち、物質に頼らない生活を営んでいた。地球と会話し、土や石、樹木や動物たちと交流しながら平和な生活を送っていた。自分が行きたいと思う場所へは、瞬時に移動できる乗り物を使い、世界を16の国に分けて、それぞれの国の統領を任命して、世界を平和のうちに統治していた」

「そんな民族がいたなんて初めて聞きました」

「歴史上から完全に抹消されているからな」

「そうなんですか……」

「彼らはかつてカラ族、クル族、あるいはシウカラという名で呼ばれていた。そしてその王の名を『スサダミコ』と呼んだ」

「カラ族……。シウカラ……スサダミコ」

「神の族と書いてカラ。東大神族と書いてシウカラ。神の系譜の者たちという意味になる。ある文献によると、カラ族は、カラ族としての証をどこかに隠したというんだ」

「カラ族の証……。それはなんですか？」

「それはオレにもわからない」。光一はそう言って背筋を伸ばし、遠くを見るようなまなざしでさらに続けた。

「アングロサクソン系の人類の起源とは明らかに異なるもう一つの潮流『シウカラ』を祖先とする部族はその後、西へ向かう者と東へ向かう者とに分かれた。西へ向かった者たちは『シウ』あるいは『ジウ』と呼ばれユダヤ人になった。彼らは人類史上初のシュメール文明を開き、その後東へ東へと移動しながら、インダス、黄河などさまざまな文明を開花させていく。一方、東へ東へと向かった者たちは『カラ族』あるいは『クル族』と呼ばれ、高い精神性とそれに付属する高度な能力を維持したまま日本列島を拠点として広くアジアを、さらには地球全体を平和的に統治していた」

「シウカラが存在した痕跡やその記録はほとんど消されてしまっている。その時代その時代でさまざまな名前で呼ばれ、断片的だが他国の歴史の中にも登場する。フン族、突厥といった部族名、あるいは靺鞨や渤海などの地名は、シウカラを表現していると言っていいだろう。それがシウカラかどうかを見分けるには、まず『和』を重んじているかどうかなんだ」

琴音が先ほどから何も口を挟まず陶然とした表情で聞いている。光一は琴音のその表情に気づいたが構わずに続けた。

「つい最近ドキュメンタリー番組でローマ帝国の時代に栄えたという『ナバテア王国』を取り上げていた。小国にもかかわらず近隣の大国と対等に渡り合い交易も盛んに行われていたという。驚いたのは水道管だ。遺跡から水源から素焼きの陶器を繋げ水道を引いていた跡が発見された。そしてその遺跡の壁から『サラーム』の文字が数多く刻まれていたと言うんだ。その時オレはピンと来た。彼らもシウカラの血脈ではないかと。『サラーム』とは『安寧』『平穏』を意味するからな」

光一はここまで一気に話すと一呼吸おいてさらに続けた。

「和という漢字はいまも脈々と息づいているだろ。和食、和菓子、和服など和の文字がつくものは間違いなく日本のものという意味になる」

「和の精神か―」。琴音の口から独り言がこぼれ出る。

「彼らはけっして争いを好まなかった」

「でもいまの日本人はそんな人ばかりじゃないですよね。戦争も何度かしちゃってるし」

「確かにそうだ。好戦的な部族も入って来て、いまはいろいろな血が混ざっているからな。そのシウカラの宝、カラあるいはクル族の宝を、過去に多くの探検家や冒険家、歴史の研究者たちが探していた。一説によるとナチスドイツがいちばん熱心に探していたという話もある。それだけ、人類にとって貴重な何か、権力の構造がガラリと変わってしまうような何かだというのは、容易に想像できるだろう」

「え〜、なんだろ」。すっかり気を取り直した琴音がそう言いながら目を輝かせた。

「いまも、権力を欲しがる人間たちが躍起になって探し続けている。それに……」

琴音と小太郎は、光一の次のコトバを待った。

「それに、偽史をねつ造してきた奴らは、どこの誰よりも血眼になって探しているはずだ。もし、カラ族の証が世の中に出てきてしまったら、彼らがつくり上げてきたニセの歴史が一気に吹っ飛ぶからな」

「カラ族の証かぁ。どんなお宝なんだろう。もしかしてそれが三種の神器とか。それはないかぁ。もっと意外なものだったりして。なんかインディ・ジョーンズみたい。そう言えば、どのシリーズだったか、ナチスも出てきましたよね」。琴音がそう言いながらはしゃいでいると、小太郎が疑問を口にした。


「偽史ねつ造って、いつからなんですか？」

「さっきも言ったけど、歴史とはつねに勝者の歴史なんだ。戦争に勝ったものは、敗者の財産をすべて奪い取る。しかしもっともかけがえのない財産はじつは歴史なんだ。その民族の歴史を奪い取って、自分たちの歴史として語り継ぐ。だから、戦いの歴史がそのまま偽史ねつ造の歴史なんだ」

「じゃあ、いまこの時代の勝者って誰のことなんですか」


「覇権国家というコトバを知っているか。圧倒的な経済力とそれに伴う軍事力を盾に外交を行い、次々と自国の利益や領土の拡大をしていく覇権主義を標榜する国のことだ。いまは中国が覇権国家を目指しているが、いまだ覇権を譲らない国がある」

「あ、アメリカだ」

「そう。いまはまだ異論なくアメリカだろう。しかしアメリカの前はイギリスであり、ポルトガルやスペインという時代もあった」

「じゃあ、その偽史ねつ造の張本人は、アメリカでありイギリスを中心としたヨーロッパということになりますよね」

小太郎の鋭い指摘に光一はしばらく黙り込んだ。小太郎が東京に出てきて1年余り。彼の世界の認知のしかたが変わってきているのを光一は感じ取っていた。興味の赴くままに光一の蔵書を読みあさってきた読書の成果が出始めているのかもしれない。光一は試しに小太郎に尋ねた。

「歴史問題研究所という機関があるのを知っているか?」

「いえ、知りません」

「略称ＨＰＡ、１９２０年に設立された戦争回避のためのシンクタンクだ。その中に歴史管理資料室という部屋がある。その名の通り、古今東西の歴史を管理するセクションだ」

「歴史管理資料室。そこが偽史ねつ造の大元締めというわけですね」。琴音が先回りしてコトバを挟んだ。

「そんなに大胆にものを言うべきではない。どこにもそんな証拠はないからな。ただしかし、自分たちが自分たちに都合の悪い歴史を捻じ曲げてしまうことはたやすいのも確かだ。いま、この世界はアングロサクソンという白人種が勝ち組だ。世界の歴史は、白人を主役にして組み立てられている。白人以外の人種は、オレたち日本人も含めてカラードというだろ。白人とカラード。単なる肌の色による区別のようだが、この対比は『主役とその他大勢』と言っているように聞こえる。じつはそこにはいまだに根深い選民思想や差別意識が潜んでいるんだ」

光一は一気に話し終えると、貝の刺身をひと口つまんだ。考え込むように光一の話を聞いていた琴音がふとつぶやいた。

「もしかしたら……」。琴音の中に、ある可能性が頭をもたげる。

「ねえ、ねえ。もしかしたらですよ……」

そのコトバに光一がようやく反応を示し、琴音を見た。

「亡くなった守屋さん、その偽史ねつ造集団に殺されたとか……」

光一の中でも同じ可能性を探ってはいたが、あまりにも飛躍しすぎているため打ち消していたのだ。しかし、琴音が口にしたことで、一気に現実味を帯びてきた。

「なくはない。なくはないが……」

「どっちなんですか？」

「偽史ねつ造集団がいまも暗躍していると仮定してもだ。影響力の薄い市井の歴史研究家をそう簡単に殺すだろうか。もっと影響力のある人物ならいざ知らず、本業はまんじゅう屋の社長だぞ」

光一は琴音の仮説を打ち消しながら、内心ではその可能性を探っていた。

「ヒミコの出自に関する話やカラ族の秘宝の話、日本を起源とする人類創成の話の類は、いろんな人がすでに本を出して主張している。その人たちが謎の死を遂げたとか、殺されたという話は聞いたことがない」

「え〜、でも……」。琴音は答えに詰まって考え込んだ。しかし何かを思いついたようにふたたび口を開いた。「なにか、決定的な……。そうだ、守屋さんがカラ族の証の宝ものの在処を突きとめたとか。それでそのシンジケートが慌てて……」

「う〜ん、おまえの話はすこし飛躍しすぎる」

「そうですかぁ。私の直感はけっこう当たるんですよ」

琴音のコトバをきっかけに沈黙が広がった。それぞれが思い思いの思索にふけっているようだった。

「そろそろなにか握ってもらおうかな」

光一は升酒をお代わりしたついでにそういうと、大将はまるで待っていたかのように話しかけてきた。

「さっきからなにやらアヤシイお話をされているんで聞き耳を立てていたんですがね」

「なんだ、聞いていたのか」

「カウンターの会話はこちらにも聞こえてしまうんですよ。いや、それがね。先週、ちょっと休みとって沖縄へ行ってきたんですよ」

「え、大将。バカンスですか。いいなあ」。琴音が口を挟んでくる。

「いえ。お魚のお勉強で」

「お魚のお勉強って。なんかウソっぽい」

「ははは。お嬢さんにはかなわないなあ。いや、それでね。ふらっと入った小料理屋で議論してるやつらがいたんですよ、それも大声で」

「なんの議論だったんですか？」

琴音がそう水を向けると大将はさらに続けた。

「それがいまどき珍しい邪馬台国論争でね。こう見えて自分も歴史モンが好きでけっこう読んでいるんですが、片方の男が邪馬台国は沖縄にあったと言い張ってるんですよ。邪馬台国は日本のどこかだとは思っていたんですが、沖縄説があったとは知らなくて。もう、食べるのも飲むのもそっちのけでずっと聞き耳を立てていたんです」

「で、どんな水掛け論だったんですか？」

「まあ、よくある酔っぱらいの水掛け論なんですが、一人は沖縄にあったと譲らず、もう一人はなかったと譲らずで」「あっ、いらっしゃい！　お客さんいらしたんでまた後で」

大将はそう言い残して話の輪から抜けていった。

「沖縄で思い出したんだけど、鹿児島で熊毛さんと話したこと覚えているか？」

「覚えていますけど、沖縄の話は出ていなかったんじゃ……」

「そうだったかな。熊毛さんは、鹿児島にはギリシャ文化の名残が色濃く残っていると言っていただろ」

「はい。とんでもない話だったからよく覚えています」

「じつは沖縄もギリシャ文化圏だったんだ」

「え、沖縄もですか？」

「琴音、ウチナーというコトバは知っているか」

「はい。沖縄の人たちが自分たちのことをそう言いますよね」

「そう、このウチナーは、じつはギリシャ神話の女神アテナから来ているという説がある。そして、アテナはギリシャの首都アテネの語源にもなっている」

「あ、ほんとだ。アテネ、アテナ、似てますよね」

『『うちなー』というコトバは、古代から綿々と受け継がれてきた貴重な証拠なんだ。いいか、うちなー、うきなー、おきなーと変化して、沖縄という名前になった」

「あ〜、ほんとだ。そう言われてみるとうちなーと沖縄って何となく似てるわ。まるでコトバのマジックですね」

「うちなーに沖縄という漢字をあてたのは、江戸時代中期の学者、新井白石だと言われている」

「新井白石って確か……。教科書にも出てきましたよね」

「こんな漢字を知っているか」

光一はそう言うと、ポケットからボールペンを取り出し、箸袋にゆっくりとある漢字を書いた。

臺

「こんな字、見たことないわ」

「音読みでは『ダイ』とか『タイ』と読むんだが、訓ではなんて読むと思う?」

「さあ、わからないわ」

「訓読みで『ウテナ』」

「あ……。アテナやウテナーに似てるわ……」

「ウテナ。この文字が意味するのは、平らで小高い土地、周囲が見渡せるように高くつくった建物、あるいは高貴な人が座する台座だ。ここまでの話でなにか見えてこないか?」

「え、見えるってなにが……」

「オレには見えるんだ、ヒミコや邪馬台国の姿が」

「あ……。そう言えば邪馬台国って台の文字が入ってる」

「『臺』と『台』は違う文字だ。しかし、『臺』の字と『台』の字がどこかで入れ替わったとしたら……」

「つまり沖縄が邪馬台国ってこと?」。琴音のこの反応に光一はニヤリとして応えた。

「そう言う説もある」

光一は、ここからが話の核心だと言わんばかりに、居住まいを正し、ぐい飲みの酒を一気にあおると、琴音の前にあった箸袋を手にとって文字を書き始めた。

琴音と小太郎は、身を乗り出してペン先を見つめている。

「ゲン、ゴ、フク、ゲン、シガク……」。琴音がなぞるように読み上げていく。

「そうだ、言語復原史学……。鹿児島出身のある著名な郷土史家が体系化した新しい発想の歴史学だ。オレはこの言語復原史学こそが、いまだ解き明かされない歴史の真実をあぶり出してくれると思っている」

「へ～、言語復原史学かぁ」

「古くから残る地名や方言に歴史の真実が隠されているという考え方から生まれた学問だ。コトバは、意味も理由もなく生まれたりしない。必ずそこに確かな意味や概念が込められている。そうして生れたコトバは、口伝えに移動し、場所を変え、時間が経過していくとともに変化していく。しかしどんなに変化しても、どこかに原型をとどめているものなんだ。いま言ったアテナ、アテネ、ウテナ、ウチナーのようにな」

琴音も小太郎も新しい知識にふれた幼子のように目を輝かせて聞いている。

「渡ってきたのはギリシャ系だけじゃないぞ。さまざまな時代のさまざまな文明が日本に流れ着いている。それが長い長い年月をかけて、見事と言っていいほど融けあっている。『和を以て貴しとなす』と言ったのはかの聖徳太子だと言われているが、和する、やわす、和合するなどの概念は日本独自のものだ。この狭い島国でさまざまな文化、さまざまな人種が争いを避けて生活していくためには、なくてはならない考え方だったんだろう」

「え～、そんなこと。いままでの日本の歴史観が完全にひっくり返りますよね」

「日本列島はじつに不思議な場所でもあるんだ。どんなに好戦的な人種でも、この島に渡ると穏やかな性格に変わってしまう。この国の気候や風土がそうさせるのかもしれない。古代の人々は、想像以上に躍動的だった。航海術を駆使して、地球を縦横無尽に駆け巡っていたんだ。かの郷土史家にいわせれば、その辺に転がっている地名や方言を調べるだけで多くの情報が得られるという」

「つまり古い地名・方言は、遺跡でもあると……」。小太郎が珍しくぼそりとつぶやいた。

「あら、小太郎君、うまいこと言うじゃない」


茶碗蒸しを食べ終えると、光一たちは会計を済ませ店を出た。銀座の裏道をそぞろ歩く。先ほどまでの話の熱がさめやらぬのか、あるいは酒の酔いがまわっているのか、三人申し合わせたように顔がほてっている。

「光一さん、まだ話し足りないんじゃありません？」

「そうだな。もう一軒いくか」

三人は表通りにでて、タクシーを拾った。光一と琴音が後ろのシートへ、小太郎が助手席に座った。「青山通りと骨董通りの交差点まで」。光一はそう告げると目を閉じた。


一行は、ビルの地下にあるバーのカウンターに並んで座ると小太郎が珍しく口火を切ってきた。

「光一さん昼間話していたヒミコのことなんですが……」

「小太郎、まあそう慌てるな。酒をオーダーしてからにしよう。オレは、ラフロイグのロック。小太郎もたまには飲んだらどうだ。琴音は何にする？」

「じゃわたしは、モヒートで」

「あ、ボクは、えっと、ええっとボクもモヒートで」

熱々のおしぼりが手肌に心地よい。バーテンが手際よく注文した飲み物を作っていく。


やがて、飲み物がすべて揃うと軽く乾杯して、光一が話し始めるのを待った。

「えーっと。どこまで話したかな」

「地名や国名、人の名前は、ある種の地層であり、ある意味では遺跡でもあると」

「そうそう、それそれ」。琴音がよく響く声でいつになくはしゃいでいる。

「たとえば土地の名前や国の名前にだって、歴史があるわけで。伝説として語り継がれていくうちに、その呼び名が、その表記が少しずつ変化していく。それをいまひも解いてみるとまるで地層のように積み重なっているという現象が見られるんだ。たとえば、邪馬台国。ヒミコ」

光一はそう話しながら、琴音の向こうに座っている小太郎に視線を送った。

「邪馬台国はどこにあったのか。邪馬台国の所在地ばかり論争の的になっているが、邪馬台国はどこから来たのか、についてはまるで無関心だ。誰もがみな、邪馬台国は最初からそこにあったものと信じて疑わない。じつは邪馬台国の痕跡ほど追いかけていくと面白いものはない。

邪馬台国は、時代をさかのぼるほど西へ西へと向かう。マレー半島にあったというヤーヴァ・ドヴィーヴァ、ボルネオ島にあったという邪馬台国……」

ここまで一気に話し終えると、ラフロイグのロックを半分ほど口に含み独特のヨード臭を楽しみながら喉の奥へと流し込んだ。


「まるで世界史の講義を聞いてるみたい。光一さん、どこかの大学の教授にでもなればいいのに」

「オレの知識は、アカデミズムからは完全に逸脱している。どこも採用してくれないよ」

「そうなんですか。惜しいなあ、光一さんの話って、すっごくすんなり入ってくるんですよね。学校の歴史の授業はあんなにつまらなかったのに」

「真実は細胞を活性化させる。真実にふれるとタマシイがよろこぶんだ。だから真実だけを教えるようにすれば、不登校や学級崩壊なんてなくなるんだけどな」

「なるほど〜」

「ところでこの話、一つ大きな疑問が浮かんでこないか？」

「えっ？」

「つまり邪馬台国はなぜ東へ東へと移動しなければならなかったのか」

「あ、そうか。何もなければ国ごと移動するなんて面倒くさいですもんね」

「追われていた？　いったい誰に？」

「一般的に知られている名前は、アーリア人。アッシリアという国家を建国し、『西族』あるいは

『漢人』などと呼ばれている古くから邪馬台国を目の敵にしていた部族だ。彼らが、邪馬台国の前身である小国家を攻めて、追い立て、東へ東へと追いやったんだ」

「へー、追われていたんだ」

「追い立てられた小国家は、西族から侵略のないユートピアを求めて東遷する。最終的に東の外れ、つまり日本列島か、その近くにまで逃げてきたんだろう。彼らがそこで暮らしていたときに呼ばれた名前が邪馬台国だった」

「追いかけられたから逃げて逃げて東の外れまできた。そこまでは理解できるんだけど……。どうしてもわからないのは、なぜ邪馬台国があった場所にはいろいろな説があるのかということなんですよね」

「みんな日本建国の地を自分の地元に持っていきたい欲があるからじゃないのか。ほら、和菓子屋とかラーメン屋は本家争いで、総本家とか元祖とか、屋号の頭につけたりするようにな」

光一はここでひと呼吸置いて、チェイサーの水を一気に飲み干すとふたたび話し始めた。

「そもそもなぜ、こんなにもいろいろな説が乱立してしまったのか。

それは、畿内説も北九州説も、熊本説も沖縄説も、どの説も正解だからだ。ヒミコを一人の人物の名前としてしまったがために邪馬台国の場所を特定しなければならなくなった。

しかしヒミコを役職名だとすれば、そこまで絞り込まずに済む。日本という国は「日乃本」の名の通りいまだ太陽信仰の国。ヒミコはその名の通り「日の巫女」つまり太陽から何らかのメッセージを受け取り、まつりごとに役立てていく役職。

伊勢神宮の五十鈴川に架かる橋を渡り、川を右手に見ながら進んでいくと左手に社務所がある。その入り口付近にある動物がいるのを知っているか」

「え、何だろ」

「その動物とは……。ニワトリなんだ」

「に、ニワトリ?」

「そう、ニワトリだ。日の出を告げる『長鳴鶏』と呼ばれ、神の使いとして大切にされている。その事実からも分かるようにこの国は、神代の昔から太陽を神とあがめる国。

だから邪馬台国がどこにあっても不思議ではないしヒミコがどこにいてもおかしくない。オレはそう思っているよ」

「光一さん、あの……ちょっといいですか?」

「おっ、すまない。小太郎、ヒミコについてだったな」

「はい、ヒミコは個人名でなく役職名だったってほんとですか?」

光一はすぐには応えず、グラスの酒を飲み干すと、自分の胸に手を当ててこう言った。

「それが本当かどうか、自分の心の奥深くに問うてみるんだ」

小太郎は素直にそれに従い、胸に手を当てた。琴音もそれに従う。

「なあ、小太郎。何が見える？　歴史なんて、いまを生きる人間には誰もわからない。あの文献を信じるならばAという結果になるし、また別の文献を信じるとするならBという結果になる。しかも邪馬台国やヒミコの問題は、偽史シンジケートなる国際組織の手によって巧みに偽造されているという噂もある。だから……」

光一は空になったグラスをバーテンダーに示し、おかわりをリクエストするとさらに続けた。

「だから、その文献を読んで心がイエスというか、鳥肌が立つか、で判断することが大切なんだ。いいか、小太郎。いまからオレが思い描いているヒミコ像を言う。イメージしてみて、もし鳥肌が立ったらそのイメージは真実に極めて近いと言っていいだろう。さあ、目を閉じてみろ」

光一のコトバに促され小太郎は一つ深い息を吸い静かに目を閉じた。

横で聞いていた琴音も同様に深呼吸をしたのち目を閉じた。


ヒミコ。あるいはピミク。

彼女はギリシャ系のフェニキア人。長い航路で日に焼けた肌が眩しく輝き、金髪で碧眼。シュメール文明末期、ウバイド朝の女王だった彼女は、たびかさなる隣国アッシリアとの戦争に疲れ、愛着のある土地を捨て船団を組んで東を目指す。なぜ彼女たちは東を目指したのか。それは、東の果ての小さき島が彼女たちの真の故郷であると言い伝えられてきたから。かくてアーリア人の執拗な攻撃を交わしながら、途中幾度か船の錨を下ろし、小国家を建国するも、さらに宿敵の追撃にあい、さらに東遷。ようやくいまでいう沖縄や奄美、そして九州の南部にまでたどり着いた。

約千数百年にわたる長い航海の間に、ヒミコは何人も何十人も代替わりしたに違いない。その途中で建国された国の名もさまざまで『ヤーヴァ・ドヴィーバ』『ヤヴァ・ドヴァ』『ヤマ・ダヴァ』『ウジャイン』『ウジャマダ』などと変化し、さらに漢字に変換されてこの『邪馬臺国』という名前で記録された。

一同、酒の酔いもあってか、陶然とした表情でゆっくり目を開いた。

そしてしばし沈黙があたりを支配する。その沈黙を嫌うかのように琴音が口を開いた。

「私、ヒミコのイメージがガラッと変わっちゃいました。ヒミコが金髪で青い目をしていたなんてインパクトありすぎです」

「琴音さんのヒミコのイメージはどんな風でしたか」。小太郎が話しかける。

「え、どんな風って。地面にまで届くような長い黒髪を振り回して。そう、踊ったり歌ったりして太陽に祈りを捧げているような……」

「ですよね。ボクも同じです。だって日本人だと思っていましたから」

「ところでついでと言っちゃなんだが、ヒミコに関連してとっておきの情報を教えよう」


光一はそう言うとラフロイグのロックをダブルでお代わりした。

何杯目だろう、ロックグラスにちょうど入る大きさの氷に琥珀色の液体が注がれていく。

氷の表面を溶かしながらその琥珀色の液体は、グラスの中で美しい模様を織りなしている。

光一は球体の氷を指先で弄びながら再び語り始めた。


「邪馬臺国は別名を『大邪馬臺』とかいてウジャマダと読む。このウジャマダという発音どこかで聞いたことないか？」

「うーん、そんなこと急に聞かれても……」

「じゃあ、宇治山田ならどうだ」

「あ、お伊勢さんの……」

小太郎が素早く反応する。

「そうだ近鉄電車の伊勢神宮への最寄駅の名前だ。このウジヤマダとウジャマダ、似てないか？」

「似てるというよりおんなじ？」。琴音が少しトロンとした目で応じる。

「このウジャマダによく似た地名、じつはまだほかにもあって鹿児島県姶良市の『内山田町』も。そして極めつけが……」

ラフロイグをグビリと、ひと口流し込んでからさらに続けた。

「岡山県にある『牛窓町』と言う地名。『ウシマド』と読むんだがこれも似てないか？」

「これも内山田ほどではないけど似ていますね」


「万世一系。明治政府は、国際的な偽史シンジケートと手を組んで真の歴史をねじ曲げようとした。嘘を突き通すためには相当な労力と時間と費用がかかる。いまもなお続けられている市町村合併による地名変更もその一環なんだ。宇治山田や内山田、とくに牛窓などはこうした監視の目からよく逃げられたと見ていいだろう。

明治のお偉いさんたちは天皇を中心とした外来人種との混血のない純粋な大和民族の国としておきたかった。だからヒミコが金髪の碧眼だったなんてことがあってはならなかったということなんだ」

「よくわかりました、葛城教授！」

少し呂律の回らなくなってきた琴音はそう言うと光一はそのコトバに反応した。

「よし、本日の講義はこれまで。帰ることにしよう」

第五章

朝の井の頭線は相変わらず混みあっている。通勤通学のピークを過ぎた9時過ぎとはいえ、扉付近に立つ乗客をかき分けて乗り込むのはひと苦労だ。光一はさすがに東京暮らしが長いせいか上手に乗り込む。そのあとを追うように小太郎がすまなそうに乗り込む。小太郎にはまだクリアしなければならない課題のようだ。

車内を見回す。いつもの見慣れた光景。しかしなんといっても驚くのは、乗客のほとんどがスマホを操作していることだ。座席に座る者はもちろん、立っているものでさえも狭い空間で画面に夢中になっている。

みんなな にをやっているのだろう。さりげなく覗いてみると多くの場合スマホゲームだったりする。本や新聞を読む人間が少なくなっているのは時代の流れなのだろうが、こんな光景を見せられるにつけ空恐ろしい感覚にとらわれる。ゲームとメール、さまざまなアプリ、さまざまなSNS。もはや誰もがスマホという小さな板の虜だ。

モノリス。ふと脳裏に浮かんだワード。

謎の黒い石板が印象的だったな。

ハンディなモノリスか。

大きさこそ違え、確かに似ている。

『2001年宇宙の旅』に登場した抽象的で不可思議な物体が、現代に蘇ったような感覚にとらわれた。

光一はポケットからスマホを取り出すとまじまじと見つめた。

「――気をつけてください。光一さんの右後方。よくない波動を感じます」

小太郎からの耳デンワを受けて、光一はさりげなく右後方に振り向く。すると一人の若い女性と目があった。20代前半だろうか。整った顔立ちといかにも男好きする肉づきのよいボディ。ブラウスの胸元を意識的に開き、ふくよかな谷間を強調している。出勤途中のOLというにはいささかセックスアピールが過ぎた印象だ。女性は光一と目を合わせると少しはにかんだような微笑みを浮かべ

さりげなく目をそむけた。

この女性がよからぬ波動を発しているのだろうか。発しているとすればたぶんそれは性的なオーラだろう。小太郎はそれを邪悪な波動と勘違いした。きっとそうに違いない。光一はそう思って意識をふたたびモノリスに戻した。

下北沢に着くと乗客がさらに乗り込んできた。今日はなにかあるのだろうか。ぐいぐいと奥へと

押され、ようやく落ち着くといつの間にか件の女性が光一の目の前に位置していた。女性はかろうじて身体をねじり、光一と向かい合う姿勢だけは回避した。身動きがとれず女性から身体を離せない。女性は女性でささやかな抵抗を試みてはいるが状況は何一つ変わらない。諦めたのか女性は同じ態勢のまま動かなくなった。弱ったな。ほのかなフレグランスが鼻腔をくすぐる。光一の思考を花のような甘い香りが邪魔をする。弱ったな。早く渋谷に着いてほしい。そんな気持ちとはうらはらに電車がスピードをゆるめ、そして停車した。静まりかえる車内。諦めの中に苛立ちのニュアンスを含んだ静寂が広がる。人間がすし詰めになっているというのにこの静寂はなんなんだ。

「都会って異常ですよね」

光一の思考に応えるかのように、後方の小太郎が耳デンワで話しかけてきた。

ガタンと音をたて、電車が動き始める。やれやれ、やっと渋谷だ。そう思っていると前の女性が身体をよじらせ始めた。大きめのヒップをぐりぐりと光一にこすりつけてくる。

「いや、やめて」

やめてほしいのはオレのほうだ。そう思ったときだ。

「やめてください！　いい加減にして！」。ただならぬニュアンスで女性が叫ぶように声を上げた。乗客が一斉に声のするほうに目をやる。ややあって扉が開くと、乗客たちは吐き出されるようにホームになだれ落ちる。その瞬間、緊迫した声が周囲に響き渡った。

「この人痴漢です！」。女性が指を差したのは、ほかならぬ光一だった。

オレが痴漢？　どうして？

なにかの間違いだろ？

光一は理解に苦しんだ。誰か他の人間に間違われているのか。

しかし女性は、汚らわしいものでも見るように光一を指差しながら立ちつくしている。「おい、駅員を呼べ」。誰かが叫ぶ。何ごとかと立ち止まる人。一瞥しただけで平然と立ち去る人たち、そしてまったく気がつかない人々。

女性はわなわなとふるえながら、それでも光一に鋭い視線を送っている。

「ほんとに君なのか」

やがて乗客たちが光一の周りを取り囲み始めると、さすがに置かれている状況が飲み込めてきた。相変わらず女性の目が光一を見据えている。冗談じゃない。大きなヒップを押しつけてきたのはそっちだろ。言い返してやりたかったが、やったやらないの言い合いは不毛だ。この場では効果的ではないことを察して自重した。

しかし、このままでは状況はどんどん悪化していく。どうすればいいんだ。いい考えが浮かばない。途方に暮れていると、耳の奥で小太郎の声がした。

「光一さん、早くこの場から離れて。あとはボクに任せてください」。小太郎はそう伝えたかと思うと女性の前に立ち、小さく手を上げながら声に出して言い放った。

「あ、すいません。ボクです……」

そのひと声で状況は一変する。取り囲んだ乗客たちの視線は光一から小太郎に移り始めた。「光一さん、いまです。早く離れて」。耳の奥でささやかれるままに光一は輪の外にでた。「いえ、違います。痴漢はこの人じゃないわ」「いえ、ボクです」「違う、違うの。あの人……。あれ、いまここにいた……」。そんなやり取りを尻目に光一は足早にその場を離れた。

●

人ごみに紛れて改札を抜け、エスカレーターで通りに降りると、停まっていたタクシーに乗り込み広尾方面に向かうように告げた。まるで犯罪を犯した逃亡者のような気分だ。

息がはずんでいる。後ろを振り返ってみたが、誰も追いかけては来ていないようで少しほっとした。とにかく落ち着かなくては。そう言い聞かせると目を閉じて2度3度と深呼吸をした。

たったいま自分の身に起きたことを反芻してみる。何もしていないぞ。それだけは誓って言える。オレの身体にヒップをこすりつけてきたのは彼女の方じゃないか。得も言われぬ怒りがこみ上げてくる。

もしかして狙われた？　次第に冷静さを取り戻してくるうちにそんな考えが浮かんできた。以前、電車内での痴漢の冤罪事案が増えているという記事を読んだことがある。女性が何らかの理由で痴漢の被害者を演じて事件をねつ造するという話だ。被害者がいれば加害者を探すのが道理だ。どんな理由があるにせよ、狙われた男性はたまったものではない。現場では蔑まれた目で見られ、警察に連行され屈辱的な尋問を受ける。警察は早期解決を目指しててっとり早く自白を迫る。そして痴漢行為を認めるまで拘留されることになる。してもいない痴漢行為を一旦認めてしまうとどうなるか。社会的信用、地位、人格などすべての有形無形な財産が失われていくのだ。そんな理不尽な出来事ってあるのだろうか。

彼女は見たこともない女性だった。ヒップや胸元などを強調し、おまけに甘い香りを漂わせていた。ふつうのＯＬというには無理がある。やはり、ハニートラップの類なのか。そう考えてみるとなるほど納得がいく。もしかしたらターゲットを間違えた？　いや、彼女はオレを指差して「この人です」と言っていたからオレで間違いないのだろう。しかし、誰の仕業なんだ？　光一はそこまで考えて途方に暮れた。女性関係だってきれいなものだ。仕事関係だって人に恨まれるようなことはしていない。そんな自分にまさかこんな出来事が降りかかってくるとは。

小太郎は事前に危険を察知して知らせてくれていた。それを小太郎の勇み足だと判断したことを後悔した。迂闊だったな。それにしてもあいつ大丈夫だろうか。

事務所に到着すると、光一はようやく緊張から解放された。喉が渇いている。冷蔵庫から水を取り出すと、グラスに注ぎ一気に飲み干した。

ふう〜。

ソファに腰を掛けてほっとしたのもつかの間、小太郎から耳デンワがあった。

——光一さん、無事ですか？

——ああ、無事だ。おまえは？

——大丈夫です。もうすぐ着きます。

——よかった。気をつけろよ。

それから5分も経たないうちに小太郎が事務所に戻ってきた。


「危ないところでしたね」

開口一番、小太郎はそう言うとやはり冷蔵庫からミネラルウォーターを取り出し、グラスに注いでから一気に飲み干した。

「あれからどうなった？　捕まらなかったのか？」

「はい。ご覧の通り」

「あの状況からどうやって抜け出してきたんだ？」

「ちょっとだけ術を使いました」

「術？」

「あっ、瞬間催眠みたいなものです」

「小太郎、おまえそんなこともできるのか？」

「はい、我ら一族の間ではできないものはいません。それにしてもおかしいですね。彼女、明らかに邪悪な波動を発していました」

「最初から悪意を持ってオレを狙ったということか」

「……」

「あの状況をつくりだすにはいくつかの偶然が重ならなければならない。それを見越してということなら、相当な女だな」

「手当たりしだいですかね。それともピンポイントで光一さんを狙ったか」

「どっちにしても気をつけなければ」

「しばらくあの電車、乗りたくないな」

「そうですね」

「小太郎、すまん。素直におまえの忠告に従えばよかったよ」

「いえ、あの状況では気をつけようがないですよ。東京って怖いところですね」

「いや、オレも考えごとをしてぼんやりしていたからな」

「まったく油断できませんね」

●

「え、光一さんが！　え〜、チカ……?!」

「バカ！」。光一はそう言いながら、琴音が叫び出す口元を必死で押さえた。幸い「おみち」には光一たちの他に客がいない。口を塞がれた琴音は、目だけを白黒させている。

「だから間違いだと言っているだろ。まったく。被害者はこっちなんだ。小太郎、説明してやってくれ」

話題にするだけでも、気分の悪さが蘇ってくる。光一はやれやれといった表情を浮かべながら小太郎に話の続きを託した。

小太郎がそのときの状況を手短に話し終えると琴音は安堵したようにコトバを発した。

「なあんだ。光一さんはむしろ被害者じゃないですか」

「だからさっきからそう言ってるだろ」

「それにしてもその女性、何の目的でそんなことするんですか？　女の風上にも置けないわ」

「風上どころじゃないわ、風下にだって置けないわね」。おみちさんが話に入り込んできて場が和んだ。

「わたしもそんな話聞いたことあるわ。女性の陰でナニモノかが糸を引いていて、脅してくるんですって。怖いわよね〜。油断も隙もあったもんじゃない」

「痴漢の冤罪事件はそれだけじゃない。じつはもっと大きなものが絡んでいるという話もある」。

おみちさんが話の輪から離れると、光一はようやく口を開いた。

「何年か前の話だが、テレビのコメンテーターをしていた大学教授が痴漢の容疑で捕まったことがある。彼はワイドショーなどなど引っ張りだこの有名人だ。そんな社会的に地位のある人物が安っぽい痴漢事件を起こした。4人がけの電車の座席で向かいに座っていた女性の太ももを触ったという容疑で取り調べを受けた。そのすぐ後にも今度は駅のエスカレーターで女性のスカートを小型の鏡を使って覗いたという容疑で再逮捕されている」

「あ、その事件、私も覚えてます。その先生、どこへ行ってしまったのか、すっかり見かけなくなりましたね」

「彼は、社会的に抹殺されたと言ってもいいだろう。大学教授のようなポジションの人間が痴漢行為で捕まるというのは、社会的な死を意味する」

「え、じゃあ、光一さんの場合も社会的に抹殺しようとして……」

「いや、痴漢の冤罪事件にはそんなケースもあるというだけの話だ。第一オレなんか抹殺したってなんの影響もないだろ」

「それはそうですね～」

琴音にあっけなく肯定されて少し鼻白んだが、光一はこの話を早く切り上げたくて、こう結んだ。

「とにかく満員の電車の中は知らない人間同士がひしめき合う異常な空間なんだ。女性はもちろん、男性でさえぼーっとせず自分を守らなければならないということだ。以上！」

光一の口調が可笑しくて琴音と小太郎はクスッと笑ったが、すぐに真顔に戻りこう応えた。

「ハイ、気をつけます！」

ビールから日本酒に切り替えるころ、打ち合わせを終えた啓二が入ってきた。

「おつかれっす！」。啓二のためにビールを1本追加し、ふたたび乾杯をすると、琴音がうれしそうに口を開いた。

「ねえ、聞いて聞いて。光一さんたらね、痴漢して捕まりそうになったんですって」

それを聞いた光一は飲みものをふき出しそうになった。啓二が目を白黒させている。

「琴音、頼むからその話はやめてくれ」

●

翌朝、光一は事務所でもの思いにふけっていた。ソファに腰掛け、腕を組んで目を閉じて。小太郎が淹れてくれたコーヒーにも手をつけず。時間だけが静かに流れていく。

光一のこうした姿勢は、なにかに集中している証だ。いつもは仕事の企画アイデア出しであることが多いのだが、今日は違った。

何かがおかしい。

最近、自分の身の回りが妙にザラいている。

市井の歴史研究家の謎の死。

見ず知らずの大学教授の不愉快な訪問。

そして、痴漢に間違えられそうになった昨日の件。

どれもこれもいままでに経験したことのない出来事だ。

それが立て続けに起こっている。こうした出来事には関連性があるのだろうか。

歴史研究家の守屋氏の件と大学教授の件は明らかに自分が書いた本にまつわる出来事で関連はある。しかし、昨日の一件はどう考えても関連性は見つけられない。

厄年か。いや厄年にはまだ早い。あるいは運気が落ちているのだろうか。

とにかく気をつけなければ。

「光一さん、我々一族が全力で護りますよ」

小太郎の耳デンワでふと我に返った。振り向くと小太郎が新しくコーヒーを淹れている。

「いま新しいの淹れてますから」

「ありがとう」

光一は小太郎の耳デンワのコトバと淹れたてのコーヒーの両方に感謝した。

●

週末、光一たちはふたたび西へ向かう飛行機の中にいた。守屋氏が写真の中で「ここだ」と指し示していたと思われる場所へと向かう。光一の性格上、すぐにでも出かけたかった。しかし、講演や本業の仕事もあり、週末にならざるをえなかった。週末だけに今回は、小太郎と琴音に加え、珍しく啓二までが同行している。

「ふふふ、なんだか観光旅行みたいですね」。琴音が隣の席から声を弾ませながら話しかけてきた。

「観光旅行かぁ。いい響きだなぁ」。啓二が感慨深げに応える。

「啓二さん、ずっと仕事漬けですもんね」

「ああ、会社辞めてからずっとね。ウェッブ関連の仕事はほんとに目が離せないからさ。それに、出雲は前から行ってみたかったんだよね」

出雲縁結び空港に到着したのは、午前9時過ぎだ。こじんまりとした地方空港の到着ロビーはいつになくにぎわっている。小太郎にレンタカーの手配を頼み、光一たちはロビーのベンチで周りの様子を眺めていた。

「意外と混んでますね。みんな出雲大社の参拝客ですかね」。啓二が光一に尋ねる。

「ＪＡＬ便とＡＮＡ便がほぼ同時到着だからな。出雲大社は30年ぶりの大遷宮をしたばかりなんだ。みんな新しくなった社殿に参拝したいんだろう」

「へー、大遷宮ですか」

「ああ、オレも詳しくは知らないが、本殿を完成させた後も何年かかけて周りの社殿をすべて新しくするそうだ」

「それって大変な仕事ですよね」

「社殿はすべて木造、屋根はすべて萱ぶきだから傷みが早い。それに……大工という職業の中でも宮大工というのは、高度で特殊な技術を必要とする。その技術を後世に継承するためでもあると聞いた」

「それにしても私たち超ラッキーじゃないですか。できたてほやほやの社殿にお参りできるなんて。見えないおチカラに導かれているのかも」

「見えないチカラかどうかはわからないが、少なくとも守屋氏には導かれているのは確かだろう」

「新しいお社だとご利益もいっぱいいただけそうだし。よーし、いっぱいお願いするぞ～。縁結び、縁結びっと」

そう言いながら浮かれている琴音を横目に見て、顔をしかめながら光一は言った。

「なぁ、琴音。おまえはご利益のために手を合わせるのか？」

「あ、いえ。わたし、そんな……」

「神社をなんだと思っているんだ。神社は、悩み事相談所でもなければ、ましてや結婚相談所でもない。そもそも神社というものはだな。もう一人の自分と向き合う装置として……」。光一がそこまで言いかけたとき、小太郎がレンタカーの手続きを済ませて戻ってきた。

「みなさん、お待たせしました。クルマこっちです」。タイミングのいい小太郎の登場に、琴音はほっと胸をなで下ろした。

●

「光一さん、私、今回も調べてきたんですよ。ほら、こんなに」

クルマに乗り込むや否や、琴音は自分のバッグからクリアファイルの束を取り出し、堰を切ったように話し始めた。

「大国主命さんのこと、因幡の白ウサギのこと、国譲りのこと、出雲そばのこと。ね、すごいでしょ。中でもこの出雲そば。隠れ家的名店を見つけちゃいました。ここはぜひとも押さえとかなくちゃ」

「なあ、琴音。せっかくの努力に水を差すようで悪いんだが、今回は物見遊山の観光旅行ではない。オレたちは守屋氏の論文に込められた本当の意図を探りに来てるんだ。ほら、この論文」

そう言われて手渡された本。指し示されたページのタイトルを琴音は小さな声で読み上げた。

「出雲族こそが幻の国家・倭国の主要部族だ」

「そう。守屋氏は出雲族が倭国の主要部族だと言っている」

「出雲族と倭国。この名前を誰が最初につけたと思う？」

「え、自分たちが名乗ったんじゃないんですか？」。啓二がおそるおそる口を挟む。

「そもそもこの時代を生きている者たちは、民族意識や国家意識が低い。だから自分たちを出雲族だの、倭国だのと名乗るとは考えにくい」

「え、じゃあ誰が名前をつけたんですか？」

「本人以外の何者か。オレは漢民族あたりではないかと思っている」

「漢民族……ですか」

「紀元前２０６年あたりから始まる前漢、そして紀元25年あたりを起源とする後漢。これら漢王朝を形成していた民族だ」

「紀元前なんですか！　そりゃ、だいぶ前だ」

「そうだ、啓二。頭の中の年表をもっと広げなければこの話は見えてこないぞ。お、琴音、大丈夫か？」

ふと横を見ると琴音が変な仕草をしているので光一は思わず聞いてみた。

「あ、いま頭の中の年表を広げたところです」

クルマは一路、出雲大社に向かっている。が、渋滞でクルマは遅々として進まない。大遷宮の影響なのか、出雲大社にはいつになく関心が集まっているようだ。

「わを表す漢字に『倭』の文字を当てたのはおそらく中華思想の影響だろう。自分たちこそが宇宙の中心であるという思想は、異民族を蔑視する。東夷、西戎、北狄、南蛮として周辺の異民族を文化程度の低い禽獣として卑しむからな。倭という文字はもともと従順な、とか小さな、という意味を持つ」

「倭国って、日本のことをいうんですよね。日本は小さな島国だから小さな国の倭国で正解なんじゃないですか」

「いや、倭国は日本列島だけにとどまらず、東アジア全体を勢力圏にしていた」

「え〜、東アジア全体って。いまの中国も朝鮮半島もですか。めっちゃ広いじゃないですか」

「その勢力圏の中で活動していたと見ていいだろう」

「あのー。じゃ出雲族もおんなじですか」

「琴音、いい質問だな。出雲族も同じく蔑視した名前と捉えていいだろう」

「え、でも出雲って、湧き上がる雲がイメージできて勢いがあるいい名前だと思うわ」

「ところがだ。雲という字を蜘蛛に置きかえてみるとどうなるか」

「出る蜘蛛……。キモチ悪っ。あ、そうか」

「退治しても退治しても次から次に出てくる気味の悪い厄介な存在。漢民族から見て相当わずらわしい民族だったのかもしれないぞ」

「なるほどね〜。名前って深いですよね。そんなこと考えたこともなかった」


話が途切れ、一瞬の静寂が車内を支配する。そのときだ。どこからかグーという腹の虫らしき音が聞こえてきた。

「あ〜、光一さん。お腹鳴った〜」

「いや、オレじゃない。琴音じゃないのか？」

「光一さん、そういうとこ素直じゃないですよ」

そう反撃されて光一には返すコトバがなかった。言われてみれば機内でコーヒーを飲んだだけで朝からなにも口にしていない。

「出雲に来たら出雲そばを食すべし。わたし調べてきたんですから。いろいろあるお店の中でわたしが選んだのはここ。『古代そばいずも』というお店。この名前にピンと来たんですよね。ここにしません？」

「わかった、わかった。しかしまだ時間が早いからやっていないだろ。まずは出雲の神さまへのごあいさつが先だ」

「ハーイ。先生」

生徒が先生にしぶしぶ従うような琴音のニュアンスに、小太郎と啓二も反応して同じセリフを繰り返した。

「ハーイ。先生」


クルマは大鳥居を回り込んで脇にあるパーキングスペースにすべり込んだ。ここから歩いて社殿に向かう。

やがてしめ縄が見えてくると、琴音が小走りで駆けよりながら歓声を上げた。

「わー、おっきい〜。こんなのはじめて〜」

「おい、やめろ。修学旅行の中学生じゃあるまいし」

そう言っている間に啓二までが大きなしめ縄に駆け寄る。

「うわー、やっぱりでっかいわ。想像以上だ〜」。啓二がしめ縄を間近に眺めながらしきりに感心している。

運よく団体客が去った後で比較的空いていたからいいようなものの、もっと大勢の人がいたらいい笑いものだ。

2礼4拍手2礼。出雲大社独特の作法に従い、4人並んで参拝を済ませると、琴音が声を発した。

「ふしぎだわー。なんだろう、心をジャブジャブ洗濯してパンパンて叩いて干したような清々しい気分」

「琴音さん、いい表現です」

「そうでしょ。小太郎君もおんなじ気分？」

「心をまっさらにすると運命の人に出会えるのかもね」

「あ、それで縁結びなんだ〜」

わかったようなわからないような縁結びの解釈をハイテンションで続ける3人を尻目に、光一は守屋氏がこの地を指差していた理由を考えていた。

●

「なあ小太郎、この方向で合っているのか？」

クルマが出雲大社からどんどん遠ざかり、閑静な住宅街のほうへ進むのに気がついた光一はそうコトバを発した。

「はい。たぶんこのあたりだと……。あ、ありました」

小太郎が指し示す方角を見ると古びた民家が目に飛び込んできた。

「あ、ここです。ほら食べログの写真とおんなじ」。琴音が目を輝かせながらコトバを発する。

「先に入っていてください。クルマ停めてきます」

小太郎にそう促されてクルマを降りた三人は、外門の柱に小さく掲げられている店の屋号を見つけた。「古代そばいずも」。石畳を進みながら周囲を見ると見事な庭が広がっていた。「いい仕事しているな」。光一がそうつぶやく。腕のいい庭師が手入れをしているのだろう。葉の一枚一枚が、野花の一輪一輪がいきいきと客をもてなしているかのようだった。

「時間が早かったせいか、店内に入ると四人は店のいちばん奥の個室に通された。

窓からは庭の池が見える。たぶんこの店でいちばん眺めのよい部屋だろう。テーブル席だってがらんと空いているのになぜここへ通されたのか、光一は少し不思議だった。

「なんか貴賓席みたいだな。ここ予約したのか？」

「いえ、予約なんかしてませんよ。わたしたち芸能人かなにかに間違えられたのかな。ふふふ、いい気分」

「まったく。おまえは幸せなやつだな」

ほどなくしてお茶が供される。

「いらっしゃいませ。お客さん、東京からですか？」

「はい。東京からです。でもどうしてわかるんですか？」

「みなさん、垢抜けていらっしゃるから」

ひと通り注文し終えると琴音がお茶をすすりながら問いかけてきた。

「ねえ、光一さん。あのしめ縄、どうしてあんなに太いんですか？　私、前からずっと聞こう聞こうと思っていたんですよ」

子どものように屈託もなく質問を投げかけてくる琴音に、面倒くさくなるときがある。しかし、目を輝かせながら聞いてくる琴音の態度に、光一はいつも負けてしまうのだ。

「そうだな。まず、祭られている存在がいかに大きく強かったかを示しているのは確かだろう。しかし、見方を１８０度変えてみるとその理由もがらりと変わってしまう」

そこでコトバを切り、やや間をおいてさらに続けた。

「封印、封じ込め、強力な結界としてのしめ縄として捉えたらどうだ？」

「え、つまり、ここから出るなってことですか」。啓二が応じる。

「そんな〜。ここから出るなってそれじゃまるで牢屋だわ。オオクニヌシノミコトさん可哀想」

「さすがに牢屋というのは語弊があるな。しかし敢えて誤解を恐れずに言えば、祭り上げて封印する。つまり最大限の敬意を表してあの社をつくり上げ、鎮まっていただいた、というのが実相だろうな」

光一からそんな答えが返ってくるとは思いもよらなかったのだろう。琴音を始めとする一同は次のコトバが継げず呆然としていた。光一は琴音の反応を眺めながら、それに続く話をすべきかどうか考えあぐねていた。しばしの沈黙が部屋を支配する。光一は手にしていた茶碗を置くとふたたび口を開いた。

「紙とペン持ってるか？」

「あ、はい」。光一は紙とペンを受け取ると居住まいを正してなにかを書き始めた。

「なあ琴音。このオオクニヌシって名前、役職名だって知っているか」

「役職名？　役職名って、あの、個人のお名前じゃないんですか？」。黙って聞いていた啓二や小太郎も唖然とした顔をしている。

「オオクニヌシ、漢字で書くと大きな国の主だ」

「あ、ほんとだ。つまりいまでいえば国王や大統領のような存在？　あ、日本の人だから内閣総理大臣とか？」

「国王や大統領の比ではない。オオクニヌシはもっと大きな国の主だったんだ」

「え〜、もっと大きなって。アメリカやロシアとかじゃなくて？」

「わからないか？　この星の主ってことだ」

「え、もしかして地球ってこと？」

小太郎がいつになく大きな声を上げた。

「え、地球の主！」

「そしてオオクニヌシは初代から六代まで続いた」

「え、六代？　それって、なんだか歌舞伎の名跡みたい」

「一代の任期はどのくらいだと思う？」「どのくらいって想像もつかないわ。あ、でも、神さまなんだからかなり長生きなはず。一代1万年とか、10万年とか？」

「いい推理だが、桁がひとケタ違う。一代の任期が100～200万年だと言われている」。一同驚きのけぞっているのを尻目に、光一はふたたび紙になにかを書き始めた。

「『古事記』によるとだ。
初代が八嶋士奴美神（やしまじぬみのかみ）
二代目が布波能母遅久奴須奴神（ふはのもぢくぬすぬのかみ）
三代目が深淵之水夜礼花神（ふかふちのみずやれはなのかみ）
四代目が淤美豆奴神（おみづぬのかみ）
五代目が天之冬衣神（あめのふゆきぬのかみ）
そして、六代目が大国主大神。
初代から五代目まではその当時の地球の状態を表していると言われている」

「光一さん、ちょっと待ってください。さっきから話がすごすぎてついていけてません。この話、なんで学校で教えないんですか」

「『古事記』だって、『日本書紀』だって、完本ではない。焼失を免れた断片だけが残されたといわれている」

「『古事記』にはそれがどこの話なのか、どのくらいのスケールの話なのかが表記されていない。だから当然のこととして日本というこの島国の話として受け取ってしまう。それにだ。いつの時代の話なのかも曖昧なままだから、せいぜい紀元前数千年くらい前の話だと勝手に推理して解釈してしまう」

「驚いたな。ボクも日本の成り立ちの話かと思ってました」

「オオクニヌシさんが地球創成に関わっていたなんて。もう、スケールが大きすぎて気が遠くなりそう」

そこまで話し終えると、注文した蕎麦が運ばれてきた。

「わあ～、豪華。お蕎麦が小分けしてある。これが『出雲そば』なのね。美味しそう！」

「はい。うちでは特別に韃靼(だったん)種を栽培して出しております」

「韃靼種」。光一はこの名前にすぐ反応した。「韃靼種は御主人のこだわりですか」

「はい。蕎麦のルーツをたどっていくとこの種になるとかで。その昔、韃靼人という日本人の祖先が最初に見つけた品種だとか……」

韃靼人、日本人の祖先。光一は女将のこのコトバを聞いて、口にした蕎麦を吹き出しそうになった。

「もしかして御主人は歴史がお好きですか？」

「はい。好きを通り越しておりまして。最近では蕎麦打ちも若い者に任せて自分の部屋にこもりっ切りで。つい先日も、なにか偉い方が東京からお見えになってこの部屋で夜遅くまで話し込んでおりました。あ、そうそう。そこの色紙。そのお偉い研究家の方がお書きになったとかで」

見ると一枚の色紙が大事そうに額装されている。

琴音は立ち上がって額に近づくと、そこに書かれた文字を読み始めた。

「アマカケル……。光一さんこれ全部カタカナですよ」

「いいから続きを読め」

「アマカケル　えーと、コ～マ～カ～ケ～、ココニ。変なの」

琴音の読み上げたコトバにピクリと反応すると光一は素早く額装に駆け寄った。

「アマカケル　コマカケ　ココニ。これだ！　たぶんこれが手がかりだ！」

光一はそう言いながら額装された色紙に歩み寄り、食い入るように眺めている。

「やっぱりな。これ、守屋氏が書いたものに間違いない。龍心のサインと落款が押してある」

「そうそう。守屋さんというお方でした」

「守屋さんはこの店にも来ていたんだ。琴音、でかしたぞ」

でかしたぞ、と言われてもいまひとつピンと来ていない。

「このヘンテコなカタカナにどんな意味があるんですか？」

「アマカケル　コマカケだ。わからないか？」

「うーん」。琴音も啓二も小太郎も、そして店の女将までもが首をひねっている。それは無理もない。

「簡単にいってしまうと『空を飛ぶ乗り物』という意味だ」

「え～、空飛ぶ乗り物って。飛行機とか、ヘリコプターとか……」

「いや、現代の話ではない。古代の宇宙船だ」

「え～、宇宙船って！」

「コマカケは、漢字で『高天使鶏』と書く」

光一はペンを走らせ、四文字の漢字を書き連ねた。

「へ～、これでコマカケって読むんですか。文字だけみるとなんだか最近はやりの銘柄鶏の名前みたい」

「契丹古伝という書物に登場する名前だ。天から降りてくる神々の乗り物であったという。空を飛ぶものとして鳥類になぞらえたり、乗り物として舟になぞらえたりした」

「あ、そう言えばノアの方舟も舟ですよね」

「『竹内文書』に登場する『天の浮舟』やインド神話に登場する神の乗り物『ガルーダ』や『ヴィマーナ』など、枚挙にいとまがない。古代史研究者の間では、超古代には進化した生命体が存在した。これはすでに常識となりつつある」


「でもそんな大昔にＵＦＯみたいな宇宙船が存在していたなんて信じられないな」

「なあ、啓二。神ってどんな存在だと思う？」

「え、どんな存在って？」

「人知を超えた圧倒的な身体、圧倒的な美しさ、そして圧倒的な科学力、圧倒的に進化した生命体。そんな人たちをなんと呼ぶ？」

「最近のはやりで言えば『神ってる』って」

「いま科学力って言いました？」。琴音がすかさず反応する。

「そう。科学力だ」

「圧倒的な科学力かぁ。そんな進化した存在が古代の地球上にいたんですか？」

「ああ。たぶん守屋さんはそんな神とも言える存在の尻尾をつかんだんじゃないかな」

「神の尻尾？」

「神が残したという決定的な証拠だよ」

「でも、なんで殺されなきゃならないんですか。それも誰に……」

●

東京に戻った光一は、事務所の書棚から数冊の本を取り出し懸命にページを繰っていた。光一には気になる個所に付箋を貼る習慣が身についている。中でもある書物などは付箋だらけになっていることもある。

『竹内文書』を始め、インド最古の文献とされる『ヴェーダ』、アイヌ民族に伝わる一大叙事詩『ユーカラ』、古代メキシコに栄えたマヤ文明の古代都市遺跡パレンケに関する文献などなど。どれにも付箋が大量に貼られている。超古代に神々が自在に乗り回していたという乗り物に関するものばかりだ。これだけ多くの古代文献が空飛ぶ乗り物の存在を記録しているのにもかかわらず、現代の科学者たちは空想の産物だと一笑に付してしまう。

守屋さんは出雲の地でなにをつかんだのだろう。あの蕎麦屋の主人とどんな会話を交わしたんだろう。あの色紙に書かれた「アマカケルコマカケココニ」の文字でなにを伝えたかったんだろう。光一の中でいくつもの疑問が浮かび上がり渦巻いていた。

ふと我に返り目をやると、光一のスマホがテーブルの上で震えている。手にとってディスプレイを見ると、そこには登録されていない番号が表示されていた。登録されていない番号。間違い電話か。一瞬、逡巡したが意をけっしたように応答にタッチした。

「もしもし」

聞きなれない声が耳の奥に響く。「あ、葛城……光一さんですか？」

通話の相手を慎重に確認するように切り出す声の主。「わだし、鹿児島の霧島タクシーのワカシと言います」

そう言われて光一の脳裏に電話の向こうの顔が浮かんだ。

「あ、はい。その節はお世話になりました」

「いえ、あの〜、じつはですね」

言い淀んでいる様子に光一は不穏なものを感じた。

「あの〜、それが……。当社の熊毛がですね……」

「え、タクシー強盗？」

光一のそのひと言で、事務所内の空気がピンと張りつめた。キッチンにいた小太郎の身体がビクッと反応する。そのひと言の後、光一はコトバを失ったかのように黙して聞いていた。光一の反応に、小太郎はその話の内容がおおよそ理解できた。

電話を切ると光一は、小太郎に告げた。

「熊さん、亡くなったらしい。それも殺されたみたいだ」

部屋を沈黙が支配する。

●

その夜のおみちはまるでお通夜のようだった。

琴音と啓二を呼び出し、小太郎と四人で飲んでいても一向に会話が弾まない。その雰囲気を察した女将も今夜は遠巻きにしていた。

「あんなに元気だったのに」。琴音がやっとの思いで口を開くと啓二もそれに続いた。

「ほんとに物盗りの犯行なんですかね。ボクには別の理由があるとしか思えない」

そのコトバに反応してようやく光一が口を開く。

「啓二、別の理由ってなんだ？」

「だって、シーズンオフの観光タクシーですよ。大金を持っているとはとても思えない。もしボクが狙うならもっと別の標的にするけどな」

「だから、別の理由ってなんだ？」

「そ、それは……」

光一の詰問に啓二はたじろぎ、口をつぐんでしまう。それを見た光一は、飲み残しのビールを一気に飲むとふたたび口を開いた。

「オレも別の理由を考えていた」

「啓二の言う通りどう考えても物盗りの犯行とは思えない。狙っていたのは金品ではなく熊さんそのものだったんじゃないかな」

聞いていた三人が光一の顔を覗き込む。

「オレは、守屋さんが殺されたのとおんなじ理由だと思う」

「ヒエタノアレモコロサレキ」。導かれたように琴音がつぶやくとそれに応えて光一は続けた。「そうだ、知りすぎた者は殺される……」

「待ってくださいよ。ということは……。光一さんだって狙われるってことになりますよ」

「いやオレはまだなにもつかんではいない」

「私、怖いわ。光一さん、もう守屋さんの死の真相探しから手を引きましょうよ」

「いや、もうすでに狙われているのかもしれない。変な大学教授がクレームをつけてきたことも、痴漢に間違えられそうになったことも、首を突っ込むな、という警告のメッセージなのかもしれない。

二人の死とつながってると考えたほうが自然というもの。それにだ。先週行った出雲の蕎麦屋の店主も狙われる可能性が高い。念のため電話で注意を促したほうがいいかもな」

第六章

路肩に黒塗りの高級車が止まっている。それだけでは銀座・新橋界隈あたりのなんでもない光景だ。光一が思わず二度見したのは、その高級車の脇に品のよさそうな初老の紳士がこちらを向いて立っていたからだ。

近づいていくと、まるで光一たちを待っていたかのようににっこりとほほ笑み、優雅な物腰でドアを開けた。

え、オレたち？

光一は思わず小太郎と顔を見合わせる。人違いかと思い、光一は後ろを振り返った。しかし後ろには誰もいない。やはりオレたちか？

古巣の広告代理店「創造」で打ち合わせがあった帰り道。遅い昼食を取ろうと小太郎と二人で歩いていた最中の出来事で、誰かと待ち合わせをした覚えもなく、ましてやこんな高級車を待たせるような覚えもない。

訝しく思いながらも開かれたドアからおそるおそる中を覗いてみる。すると恰幅のいい一人の男が奥のシートに深々と身を沈め、手招きをしているではないか。

この男、誰だろう。もしや例の……。好奇心が頭をもたげる。

——行ってみるけど、どうだ？

——わかりません。止めても行くんでしょ？

——ああ、当たって砕けろだ。

小太郎との耳デンワでの短い交信を終えると、意をけっしてクルマに乗り込んだ。室内は思いのほか広く、後部は対面シートになっている。いちばん奥に座っていた男が向かい合って座るようにさりげなく手で誘った。


「やあ、君が葛城君か。そしてもう一人、君が小太郎君だね」

相手は自分の名前を知っている。しかも小太郎の名前までも。これは人違いではない。明らかに葛城光一と知っての行動なのだ。

「あなたは？　もしかして……」

「いや、これは失礼。榊原（さかきばら）です」

「いきなりラスボスの登場ですか。白昼堂々大胆ですね」

「ははは。ラスボスとは恐れ入ったな。君こそ私の招待に応えてくれてありがとう。その勇気に敬意を表するよ」

いつ動き出したんだろう。クルマはいつの間にか動き始めている。クルマの性能がいいのか運転がうまいのか。いやその両方かもしれない。スモークガラスを通して銀座通りを八丁目から日本橋方向に走っているのが確認できた。

「なにか飲むかね。酒も取り揃えてある。君は飲める口かな？」

「いえ。仕事の途中なので」

「ところで君の本、読ませてもらったよ。古代史に関して大胆な仮説が提示されていてなかなか興味深かった」

男は燻らせていたシガーを少し乱暴に揉み消すとさらに続けた。

「私も古代史については個人的に興味を抱いていてね。とくに『シウカラ』は非常に興味深い。しかし『シウカラ』に関する文献は極めて少ないのが実情だ。君は『シウカラ』という幻の古代部族についてどこまでつかんでいるのかね？」

「榊原さん、見え透いた嘘はやめましょうよ。個人的興味なわけないじゃないですか。考えてみれば私があの本を出してから、周りで奇妙な出来事が立て続けに起こりはじめました。ボクの周りですでに、二人の歴史研究家が亡くなっている。歴史学の教授がわざわざボクの事務所に押しかけてきて難癖をつけてきた。ボクが痴漢と間違われて捕まりそうになったのも無関係とは思えない。そして榊原さん、あなたまでがこうして私に直接コンタクトしてきた。あなたたちはいったい何を知りたいんですか？　『シウカラ』ってそんなにタブーなんですか？」

「いやはや。かなわんな。君は礎君よりも視野が広い。それに格段に頭が切れるんだな」

榊原と名乗る男は光一の発言に対しても落ち着いた態度を崩しもせず、ゆったりとした動作で新しいシガーに火をつけて続けた。

「どこにもタブーなんかないよ。誰にだって学ぶ権利はあるし、知る権利だってある。世界は自由だ。ただ、一つだけ制約があるとすれば……。世界の秩序を脅かすような情報だけは慎重に取り扱わなければならないということだ」

「世界の秩序？　それはあなた方がつくりあげた見えない秩序のことですか？」

「ふふふ。君は面白いことを言うね」。一瞬、顔をこわばらせた男は、すぐに柔らかな表情に戻したかと思うと思わせぶりにコトバをつないだ。

「どうだろう……私と一緒に宝探しをしてくれないか？」

「あなたの宝探しに手を貸せと？」

「ああ、そうだ。君にとっても非常に興味深い探しものではないかね？」

「……」

「君が書いた本にも出ていたじゃないか。彼らがこの日本のどこかに隠したと言われている、カラの宝だよ。それがいったいなんなのか知りたくなってね。それで直接君に会おうと思ったわけだ。いますぐ返事をくれとは言わない。よく考えてからで構わない」

男のコトバを最後にしばし重苦しい沈黙が広がった。小太郎は男の顔に視線を据えたまま終始無言を貫いている。光一は重い空気をはね返すように口を開いた。

「榊原さん、あなたと私ではあまりにも世界観や価値観に違いがあるようです。ここで返事を保留して変な期待を抱かれては心苦しいので、いまここではっきりとお断りさせていただきます」

光一の揺るぎなくきっぱりとした物言いに榊原と名乗る男は少しだけ表情を変えた。

「そうか。利害も一致するしいいパートナーになれると思ったんだがね。まさか私の誘いを断るとはな。もう少し賢い人間だと思っていたんだが。残念だよ」

「ボクも残念です。あなたほど優秀な人が……」

光一はここまで言って、次のコトバを飲み込んだ。まるで計ったようにクルマはもとの場所にもどるとハザードランプを点滅させながら路肩に寄って停車した。運転手は素早く反対側後部座席に駆け寄り、うやうやしくドアを開けた。降り際、男はコトバをかけてきた。

「葛城君、一つ忠告しておく。残念ながら私は今後、君たちを護ってはやれん。幸運を祈っているよ。あ、それから小太郎君。お父さんによろしくな」

●

「ふしぎだな〜」。事務所にもどるタクシーの中で、小太郎がひと言ぽつりとつぶやいた。

「なにがだ？」

「あの人ですよ。あの榊原という人」

「なにがふしぎなんだ？」

「邪悪な気配がしないんです。あの人の波動は澄んでいてきれいだった」

「……」

小太郎の話を聞きながら光一は考えていた。

榊原は間違いなく闇の支配者側の人間だ。そんな人物が邪悪ではなくきれいな波動を発しているとは。

「あの人、純粋なのかもしれませんね」

純粋、か。光一は小太郎が口にした「純粋」というコトバを反芻してみた。

闇の支配者側に立つ彼らに言わせれば、無駄に生きている人間をすべて淘汰して、優秀な人間だけを残し、一つの国家にまとめ上げて統治する「ワンワールド構想」は、人類が幸せに暮らせる方法であり、地球環境のためでもあり、宇宙の法則にかなった考え方だと主張してはばからない。しかしだからといって多くの人間を勝手に淘汰してよいわけがない。いやそれ以前にだ。無駄に生きている人間など一人もいないのだ。地球の全人口80億人のうちのたった一人だって、無駄な人生を送ってなどいない。一人ひとりがテーマを持って、目的を携えてこの世に生を受けているのだ。

光一は自らの思考の中で熱くなっていた。当然小太郎は、光一のコトバにならないコトバを読み取っている。

「正義って、何なんでしょうね」。小太郎が口にする。それに対して光一が耳デンワで応える。

――正義とはある意味、それを主張する者の信念体系だ。

――この世界には絶対的、普遍的な正義など存在しない。

――しかし自分たちの正義こそが唯一の正しい道だと信じて疑わない。

――だから対立や争いが絶えない。

――榊原という男は、「ワンワールド」という構想が絶対的な正義だと信じて疑っていないのだろう。

「そうか。だから邪念もなく純粋なんだ」

「彼らとは根本的な部分で価値観が違うんだ。残念だけどな」

「正義って、危険ですね」

耳デンワを併用しての会話は、自然と口から出るコトバが断片的になる。聞くでもなく聞いていたタクシーの運転手には禅問答のように聞こえたのだろう。ルームミラーから目をそらし、かすかに首をかしげた。

●

来客を知らせるチャイムが鳴る。とっさに光一と小太郎が顔を見合わせる。また招かれざる客か。ふと大学教授の顔が頭をよぎった。最近自分の周りには不穏な気配が漂っているだけに神経質になっている。それを察してか小太郎は来客の気配をスキャンしてみる。

「大丈夫。宅配便です」

そう言うと、インターホンで応対した。

「お届けものでーす」

事務所のドアを開けて宅配便の箱を受け取ると、小太郎はソファのテーブルに置いた。

「どこからだ?」

「えーと、えっ。鹿児島からです。差出人は熊毛達吉になってます」

「なんだって!」

「熊毛さんって、先日亡くなったばかりじゃ……」

「開けてみてくれ」

「はい」

小太郎がカッターを巧みに使い、丁寧に箱を開けていく。中から出てきたのは大きめのバインダーだった。

「書類ですね。なんだろう」

光一はソファに移動すると白いバインダーを受け取った。

「これは……あの隙間の……」

守屋さんの書斎の棚にあったものではないか。光一には思い当たる節があった。上野にある守屋邸を訪れたときのこと。亡くなった現場だといって案内された書斎。そこにあったおびただしい数の蔵書とともに白くて大きなバインダーが並んでいたことを思い出していた。あのとき見たバインダーと同じものではないのか。そう言えば……。

そうだ。妖精のような少女ユカが隠れていた場所だ。

バインダーに挟まれている書類をめくってみる。蔵書から抜粋したであろうページのコピーが集められていた。共通テーマは「飛翔体」。

超古代から綿々と記録に残されている「飛翔体」に関する記述。ある文献には「ヴィマーナ」として、またある文献には「ガルーダ」として。また他の文献には「天の浮舟」として。呼称は違えども古代人が乗りまわしていた飛行体に関するものばかりだ。そうか、書棚の上のほうに並んでいたバインダーは、テーマごとの資料を寄せ集めた資料集だったのだ。きちんと整頓された中身を見ているうちに故人の几帳面さがうかがわれた。

「もしかして……」。光一はある考えに思いいたった。

奴らが探しているのはこれか？

このバインダーの所有者である守屋氏が消された。そして守屋氏からバインダーを託された熊毛氏も殺された。つまり二人の死は、このバインダーで一つにつながることになる。

そしてそのバインダーはいま、ここにある。そこまで考えたとき、背筋がぞくっとした。つまり次のターゲットはこのオレか。

「光一さん、ご心配なく。頭領にも連絡を取っておきました。もうまもなく馳せ参じるかと」

小太郎のコトバがいつになく畏まったもの言いに変わっている。雲居の頭領といえば、雲ジイをおいて他にはいない。小太郎の父親でもある雲ジイのことを雲居の頭領と呼ぶことに、光一は緊迫した空気を感じた。

●

「それで、それで、宝ものってなんなんですか？　確か光一さんの本にも書いてありましたよね」

待ち切れないように琴音は身を乗り出し、好奇心いっぱいの目で光一を見つめながら口を開いた。

おみちのいつものカウンター。光一を挟むように右隣に小太郎、左隣に琴音。小太郎は布製のトートバッグを大事そうに抱えている。

「小太郎、それ見せてやれ」

そう言われて小太郎は抱えていたトートバックから白いバインダーを取り出し琴音に渡した。

「ふむふむ。なになに？」。やや芝居がかった口調でそう言いながらページを繰る。

「これって、みんなＵＦＯのこと？」

光一はその質問には答えず、今日の白昼に起こった出来事をかいつまんで琴音に話した。

「え〜、それって、うちの会社の近くじゃないですか。闇のドンといわれる人がそんなところに現れるなんて。白昼堂々、大胆ですね」

「たぶん榊原たちが探しているのはこのバインダーだと思うんだ」

そう言われた琴音は思わずバインダーを抱きしめたかと思うと、店内を見まわしながら小声で言った。

「そんな大事なもの、こんな風に持ち歩いていて大丈夫なんですか？」

「事務所においておくほうが危険だろ」

「で、この資料のどこにそんな価値があるんですか？」

「届いてすぐにパラパラ読んでみたんだが、これといって新たな情報は見当たらなかった。ただ……」。光一はそこまで言うとコトバを切り、ビールで喉を潤した。

「ただ、なんですか？」

「いや、これまでの状況から推理すると、クル族の宝、あるいはカラ族の秘宝と呼ばれるものは古代の飛行物体に関するものではないか、ということだ」

「え～、飛行物体って、もしかしてUFOのことなんですか？」

「UFOという呼び方には抵抗があるが、まあそういうことになるな。さらにだ、その秘宝がこの日本のどこかに隠されているという噂もある」

「で、で、光一さんはその隠し場所を知っているんですか？」

琴音が興奮気味に顔を近づけてくる。琴音が放つ得もいわれぬいい香りに一瞬思考が乱される。しかし光一はそれを気取られぬようにコトバをつないだ。

「いや、残念ながらそこまでは把握していない」

「なんだ～。光一さんにも知らないことがあるんだ」

「オレを何だと思っているんだ？」

●

バインダーの中身が気になって、酒を飲むどころではない。それは琴音も小太郎も同じ思いだ。琴音がどうしても手伝いたいと言うので、光一たちは三人で事務所にもどった。まだ時間はたっぷりある。

「まるでラグビーだな」

ソファに座ると光一はつぶやいた。それは、ひとり言なのか誰かに話しかけたのか微妙なトーンだった。

「えっ、ラグビーって？」

「バインダーというボールを持ったものが敵の標的になり死のタックルを食らう。しかしタックルを食らう寸前に仲間にボールをパスする。守屋さん、熊毛さん、そしてボールはオレにゆだねられた」

「次は光一さんってこと？」

光一が置かれている状況をようやく理解した琴音は、思わず心配そうな顔を光一に向けた。

「ああ。そうかもな。ボールを託されたからにはゴールに向かって走りださなければならない」

「やだー。命を狙われているというのによく落ち着いていられますね。もー、警察に相談したほうがよくないですか？」

命を狙われる、警察。こんなコトバの連続に小太郎がぴくりと反応した。小太郎ならずともふつうの人間なら誰もが反応してしまうコトバだろう。

「いまさらゲームをやめるわけにはいかないだろ」

「でも、命を狙われるんですよ」

「それでもオレの中の好奇心がゲーム続行だと言っている。琴音、おまえの好奇心はどうなんだ？」

「もー、知らない」

不安そうに見つめる琴音を尻目に、光一はふたたび自分の思考の中へと潜り込む。

死のラグビーはいまこの瞬間もプレー中なのだ。とすると……チームのメンバーである琴音だって危ないということになる。そうだ、啓二にもミサエにも危険が迫るのでは……。そこまで考えると小太郎が耳の中に話しかけてきた。

「みなさんの周りに我ら一族の者を配置してあります。ひとまずご安心を」

そのコトバを聞いて光一は安堵するとともに、小太郎を始めとする雲居一族の存在を頼もしく感じた。

いまこの瞬間でさえ、ボールを奪おうとする敵のプレーヤーが迫ってきているかもしれない。そう思うと背筋にうすら寒いものが走る。光一はこのときはじめて自分に迫り来る危機を予感した。

「小太郎、バインダーを」

そう言われて小太郎はリュックからバインダーを取り出して光一に渡した。

バインダーに収められた資料はどれも古代に存在したという飛行物体に関するものばかりだ。入念に読み込んでいると夜が明けそうだ。パラパラとページを繰っているうちに気になるページを見つけた。文献をコピーした紙の上に奇妙な図形が貼ってある。メンディングテープで無造作に貼りつけられた図形にはどこか見覚えがあった。

「ん。これは……」

琴音も興味深々で覗き込む。

「あれ、渦巻だ」

小さな記号が渦巻状に連なっている。

神代文字か。

神代文字とは文字通り「神代の時代」、つまり有史以前に使われていたといわれる文字のことだ。弾かれたように光一は書棚から神代文字に関する書籍を数冊取り出すと調べ始めた。

神代文字は、いま使われている漢字やひらがな、カタカナのもとになった文字だといわれている。文字は1種類ではなく多くの種類が認められている。代表的な文字と言えば「アヒルクサ文字」。あるいはまた「イヅモ文字」「トヨクニ文字」「北海道異体文字」「天狗文字」、さらには「カタカムナ文字」「秀真文字」など、確認されているだけでも数十種類近くに上るのだ。なぜこんなにも種類があるのか。それは、時代ごとに、地域ごとに、あるいは部族ごとに、集落ごとに、独自の文字を持っていたのだろう。文字同士に共通点もあれば、まったく異質のものもある。言ってみれば方言のようなものだろうか。

「中国から漢字が伝わる以前の日本には文字は存在しなかった」。それが現在の日本のアカデミズムの公式な見解だ。こんなにもさまざまな文字が存在し、さまざまな場所でその文字が確認されているのにだ。そんなバカげたことがあるのか。光一はアカデミズム全体に事なかれ的な隠ぺい体質があるのをつねづね感じていた。

かつて稗田阿礼は、神代文字で書かれた文書を自由自在に読むことができたといわれている。日本最古の文献と言われる『古事記』は、彼が読み取ってその情報をもとに編纂された。また歴史が下って菅原道真は、政争に敗れて都落ちしたといわれているが彼もまた神代文字を読み解けたという噂もある。もしその噂が本当だとすれば、菅原道真もまた稗田阿礼と同じ理由で淘汰されたということになる。

「知りすぎた者は殺される」。それははるか時を越えて21世紀の現代においてもなおパワーを持つ呪いのコトバなのか。

光一はマグカップを手に取ると冷めてしまったコーヒーを半ば無意識に飲み干し、紙片に書かれた文字を食い入るように見つめた。その文字は鉛筆で書かれていた。たぶんこの資料集の持ち主、守屋さんが書いたものと考えるのが妥当だろう。守屋さんは神代文字の知識に長けていたに違いない。

ということは……。

この紙片の文字は、ボールを託す仲間に向けたメッセージではないのか。

書斎にあった「ヒエタノアレモコロサレキ」の文字。さらには出雲の蕎麦屋で発見した「アマカケルコマカケココニ」の文字。そしてここにある謎の文字。これはなんとしても解読しなければならない、と光一は強く思った。

「小太郎。ちょっといいか?」

コーヒーを淹れている最中だった小太郎を呼び寄せるとさらにこう続けた。

「この図形をおまえの頭の中にスキャンできるか？」

「まかせてください」。小太郎はそう言うと紙片を手に取り、そこに書かれている文字を凝視した。しばらく凝視していたかと思うと今度は目を閉じて深い呼吸を繰り返した。ややあって目を開くと光一に向かって小さくうなずいた。

「完璧か」

「はい。完璧です」

これでもし万が一紙片が奪われたり紛失したとしても安心だ。ふつうなら記憶媒体などに保存しておけばいいのだがこの紙片の図形だけはそうはいかない。複製の数が増えるだけ相手に渡ってしまう可能性が上がってしまうからだ。

神代文字の存在は知っていた。しかし、その解読となると話が違う。光一は、古代文字、神代文字に関する文献をデスクに積み上げて片っ端からページを繰っていった。

もっと勉強しておけばよかったな。心の中でつぶやく。

まず何種類もある文字体系の中からどの文字が使われているのかを特定しなければならない。小太郎と琴音とともに辛抱強く文字のタイプを検証していく。

古代の碑文だといわれるものの中には複数の文字を混ぜ合わせて使っているケースもある。だからこそ厄介なのだ。

新しく淹れたコーヒーも手つかずのまますっかり冷めてしまっている。どれほど時間が経過しただろう。食い入るようにある文字群を見ていた小太郎がひとり言のようにつぶやいた。

「あ、これ……光一さん、これ、似てませんか？」

「ん、どれ？」

「ほら、この宇宙人の顔のような……」

「ほんとだ。これ、どの文字群だ」

「イヅモ文字です」

「なるほど。これはどう見てもイヅモ文字の『ミ』だな。他の文字はどうだ？」

「えーと、その下の……なにかテーブルの脚のような」

「ああ、これは『ニ』だな」

「他の文字は……。どれも似ていて判読がむずかしいな」

琴音はメモパッドから紙を1枚はがし、渦巻状に並んだ記号を縦書きに書き直し、その隣に判読できた『ミ』と『ニ』の文字を仮置きした。記号の数は全部で11。残りの9つの記号の横を丸で囲んで空欄を設けた。

仮ではあるが二つの記号を判読できたことに三人は自信を持った。古代文字の研究で知られるある研究機関の文献は、残念ながらアカデミズムの世界では認知されていない。しかし光一はかなり信憑性の高い資料であると日ごろから認めている。この図形を残した守屋氏も同じようにこの文献には目を通しているはずだ。

「あ、これ。この文字。これ『ル』じゃないですか？」

ふたたび小太郎が声をあげる。書棚で別の文献を探していた光一は小太郎に駆け寄った。

「お、たしかに。これは『ル』で間違いないいな」

そう言うと小太郎は記号列の空欄に『ル』の文字を書き入れた。

特徴のある記号は判読しやすい。しかし一覧表の中には似かよった記号が多い。それを読み間違えるとまったく意味不明の文章になってしまう。それに加えて記号の一つひとつが不鮮明だ。

三人はここから本腰を入れ、一つの記号に集中し判読を進めることにした。

集中度が増すごとに事務所内はシーンと静まり返っていく。

どのくらい時が流れただろう。

「ふう。できた」

小太郎と琴音がまるでテストの解答を書き終えた生徒のように右手を上げてそう言った。

「どれ？」

「これです」

「クユテリグメリモノンセ」。示された解読結果を光一は声に出して読んでみた。

「どういう意味ですかね？」

「うーん。見事なまでに意味不明だな」

光一は解読結果を前にして途方に暮れた。こんなにまで意味不明な文字の組み合わせがあるのか。ここには手がかりとなるような意味をなす文節も単語もない。

「クユテリグメリモノンセ」

光一はもう一度、口に出してみた。なにかの呪文だろうか。光一はソファに腰を下ろし腕を組み、目を閉じた。

1分、2分、3分。しばし沈黙が続く。遠くで緊急自動車のサイレンの音が聞こえるだけだ。どのくらい時が流れただろう。光一は突然目を見開き、テーブルに例の図形と小太郎が書いた縦書きの文章を並べて見比べた。

「小太郎。この並び、逆だ」

「え、逆？」

「そうだ。渦巻状に書かれたこの図形はたぶんカタカムナという文字体系を意識してのことだ。カタカムナは渦の内側から外に向かって読み進むという法則性を持つ」

そう言うと光一は、新しいメモ用紙に先ほどの文字群を逆さに書き記した。

「センノモリメグリテユク……」

逆さにして読んでみると俄然意味が浮かび上がってくる。

「センノ……モリ……、メグリテ……、ユク……。あ！　せんのもり、めぐりてゆくだ！」

「せんのもりって、なんなんですかね……」

●

深夜3時過ぎ。解読作業に集中していた三人はタクシーの中でぐったりとしている。小太郎は口を開いた。

「光一さん、クル族ってなんですか」

「ん、クル族か……」。光一は目を閉じたままそこまで言うと口をつぐむ。疲れていて説明する元気もないのか、沈黙が続く。

「クル族……。あるいはカラ族……。人類の祖先の名前だ」

「人類の祖先って……」

「人類を創った神々……」

断片的な光一の受け答えに小太郎も琴音も反応できずにいた。

「エーリッヒ・フォン・デニケン著、『人類を創った神々』だ」

「え、エーリ……デニ……」

琴音はかろうじて反応した。

「エーリッヒ・フォン・デニケン。宇宙から飛来した知的生命体が地球に降臨して人類を創造した。そんな大それたアイデアを提示した人物だ。しかし、それはデニケンの著作が始まりではない。古くはシュメール碑文エメラルドタブレット、『旧約聖書』『契丹古伝』、アイヌの伝承、インカ文明の伝説、マヤ文明の伝説などに地球外知的生命体の存在を匂わせる物語が多く残されている。『旧約聖書』のヤハウェ、インカのビラコチャ、マヤのククルカン、『契丹古伝』のシウカラ……。どれも神とあがめられた存在を示す名前だ。なかでもマヤ文明のククルカンという神の名前は興味深い」

「え、どうしてですか？」

「オレは日本語だと睨んでいる」

「日本語って……」

「くくるとは、日本語では束ねるという意味になる。つまり人類という生命体を束ねる者、カンとは神。つまり、くくる神、ククルカンだ」

「なるほど。でもほんとなんですか？」

「あくまでもオレの仮説だ。オレの本にも書いたが人類の祖先は日本人であり、すべての言語の根源は日本語だと思っている。その観点に立てば、ククルカンが日本語であるというのも自然だ。あ、運転手さん、そこ左です」

タクシーが琴音の自宅に近付くと光一は話を切ってこう言った。

「今日はここまで。続きは明日だ」

「あーん、せっかくいいところだったのに」

「おまえの好奇心はとどまるところを知らないな」

大きな門構えの屋敷の前に止まると琴音はしぶしぶな様子でクルマから降りた。

●

大きな門扉。そして広大な敷地。タクシーで琴音を送るたびにその邸宅のスケールに感心させられる。琴音が手を振り丁寧にお辞儀をする見慣れた光景の背後。門扉の脇の生け垣の影が少しだけ動いたような気配を光一は見逃さなかった。

「琴音！」。光一が発した声にビクッと反応し、琴音はふたたびタクシーに駆け寄った。

夜陰から浮かび上がる二つの影。その影は夜の闇から切り離されるように人影に変わった。

こんな明け方になんだろう。警官か。それとも……。一瞬、戦慄が走る。守屋氏や熊さんを死にいたらしめた刺客か。オレばかりではなく琴音にまで魔の手が迫っているのか。光一は瞬間的にドアを開き、琴音に駆け寄ると身体を引き寄せ庇った。

「光一殿、我ら雲居の者にござる。ご安心を」

黒い影がコトバを発する。

「大丈夫、仲間です」。小太郎は光一に向かってひと言だけ発した。

「この先に頭領が待っております。こちらへ」

てっとり早くタクシーに多めの料金を渡すと、黒装束の男たちに導かれるままについていく。すると見覚えのある黒塗りのワンボックス車に行きついた。


スライドドアを開ける。すると、目に飛び込んできたのはミサエの姿だった。

「ミサエ、ここでなにを……？」

「うちで寝てたらこのじいさんがいきなり訪ねてきてさ。いったい何ごとなんだよ」

ミサエが顔で指し示した運転席を見ると、雲ジイが泰然とした様子で座っていた。

「光一坊ちゃん、お久しゅうございます」

雲ジイへの返事もそこそこに光一は車内を見渡した。

「なんだ、啓二まで」

「そうなんですよ。ボクも雲ジイさんに拉致されて……」

そう話す啓二の後ろに座る一人の男に光一は目を疑った。

「守屋さん。あなたまでどうして？」

「え、守屋さんって？　あの亡くなった……」。琴音が素っ頓狂な声を上げる。

「いや、こちらは亡くなった守屋さんの息子さんだ」

ミサエや啓二どころか守屋さんまでが一同に会している。しかも明け方、都内某所の路上でだ。この奇妙な情景に光一は疑問の視線を雲ジイに送らないわけにはいかなかった。

「事情はおいおいお話ししますゆえ、まずはこの場を離れましょう」

雲ジイはそう言うと静かにクルマを発進させた。

●

「雲ジイ、いったいどういうことなんだ？」

車内にいる一同を代表するかのように光一は口を開いた。雲ジイは一瞬の沈黙が支配する車内を確固たる口調で埋めた。

「光一坊ちゃんを始めとするみなさんに危険が迫っております」

「危険だって？　冗談じゃないよ。あたしが何をしたって言うんだよ。あたしはなにもしちゃいないよ。なんだってあんたの巻き添えを食わなきゃならないんだい。明日だって仕事があるんだ。いいからここで降ろしておくれ。あたしは降りるよ」

「ミサエ殿、まあまあ、落ち着いてくだされ。これからゆっくりとお話ししますゆえ」

「あ、そうだ」

いちばん後ろに静かに座っていた守屋さんがなにかを思い出したようにコトバを発した。

「慌てて出るときにこれがあったんで持ってきました。よかったらこれでも食べて落ち着きませんか？」

隣に座るミサエの手に渡される。怪訝そうな様子で紙袋から箱を取り出し開けてみる。

「おや、これはもしや……」。ミサエの声から察して、それは和菓子のようだった。一つひとつ丁寧にプラスチックの容器に納められている。

「和菓子じゃないか。それも練り切りだ」

ミサエの声色が変わっていくのを光一は聞き逃さなかった。ミサエを黙らせるには和菓子に限るな。今後のために覚えておこうと思った。


クルマは環状八号に出て、北へ向かっていると思われた。どこへ向かっているのだろう。

「なあ、雲ジイ。一瞬だけ自宅に寄ってくれないか」

「いま、ご自宅に寄るのは危険です。若い者に行かせますので鍵を拝借できますか？」

雲ジイにそう言われ、鍵と暗証番号を教え、持ってくるものを簡潔に教えると、すぐさまクルマは路肩に停車し後続のクルマの男にそれを託した。

どうやらいまは、雲ジイの言う通りに行動したほうが賢明なようだ。「それで、雲ジイ。オレたちはこれからどこへ行くんだ？」

「とりあえず安全な場所に身を隠さねばなりません。守屋殿のお言葉に甘えて川越に向かおうかと」

「はい。じつは川越にうちの支店がありまして。親しい親せきがやっている店なんですがそこへ……」

「こんなに大勢でかい？　しかもまだ夜も明け切らぬ時間にだよ。いくら親せきだって断られるのがオチだよ」

「いえ、先ほど川越には連絡を入れておきました。江戸時代から続く旧家なのでみなさんをお迎えできるだけの広さはあります」

「よし。ではこの際、お世話になるとしよう。おい、琴音。家族が心配するといけないからメールでもしておけ。2～3日仕事で帰れないとな」

「なんなんだい、おい光一。さっきから黙って聞いてりゃ、琴音ちゃんのことばかり心配してさ。あたしや啓二のことも少しは気づかえってんだよ。まったく。だいたいだよ。いつもあんたは厄介な事件に巻き込むんだからたまったもんじゃないよ。なあ、啓二もそうだろ……」

「まあまあ、ミサエ殿。そうおっしゃらずに。光一坊ちゃんもミサエ殿を大層頼りにしておりますゆえ、この雲居太道（くもいたいどう）に免じて赦してくだされ」

そうなだめられてようやく嵐は過ぎ去り、車内は静寂を取りもどした。

「烏合衆?」

クルマを走らせながら雲ジイの語る話の中に出てきたコトバに光一はすかさず反応した。

「烏合衆って、烏合の衆の……」

「さよう。血のつながりのある一族ではなく、世の規範からはみ出たヨタ者、ならず者の集まり。寄せ集めの集団なるがゆえに『烏合衆』と。その歴史は思いのほか長く、室町のころからと聞いております。我ら雲居の一族とはつねに対立する立場に立つ武闘派集団にござります」

「初めて聞く名だな」

「永い間気配もなかったのでその系譜は途絶えたものと思っておりました。ところが最近……」。

雲ジイはコトバを切り、クルマを加速させる。のろのろと迷いながら走るタクシーを1台抜き去るとふたたび続きを話し始めた。

「我らの手の者の調べでは、バイク便なるものに姿を変えて活動しておる様子。その活動内容は、略奪、誘拐から謀殺、暗殺にいたるまで、およそ人の道とは思えぬ蛮行を繰り返していることを突き止めましてござります」

「バイク便か」

光一はひと言つぶやくとさらに続けた。

「なるほど。バイク便なら街なかも機敏に動けるし、街の景色に溶け込んで怪しまれない」

「おそらく守屋氏、熊毛氏の死にも深く関わっているのではないかと」

「そんなぁ。日本って立派な法治国家のはずでしょ。そんな犯罪者集団を野放しにしてていいんですか？　警察はなにをしているんだろう、まったく」

いままで黙って聞いていた琴音が突然怒りをあらわにして話に加わってきた。

「琴音殿の怒りは無理もござらん。しかし、いつの時代も世の中というものは表と裏がありましてな」

雲ジイのコトバを受けて、今度は光一が話をつないだ。「あり得ない話ではないな。この犯罪者集団もこの国の命令系統に組み込まれているとしたらどうだ？」

「えっ！　犯罪者と警察が同じ仲間だと言うこと？　そんなこととてもじゃないけど信じられない！」

「まあ、落ち着け。琴音。国策捜査ってコトバ聞いたことがあるか？」

「コクサクソウサ？」

「そう。国策捜査とは、政府の意思・方針として行われる刑事事件の捜査のこと。表向きに言うとこうなる。しかしだ……」

光一はここでコトバを区切り、琴音の表情をうかがった。茫然自失の表情。これ以上話すのをやめようかと思った瞬間、琴音が顔を上げてこう言った。

「しかし、なんなんですか」

「政府や国の不利益になるような活動は超法規的な処置で刈り取られる」

「ちょっと、ちょっと待ってくださいよ。守屋さんや熊さんは、単なる歴史研究家でしょ。そんな人たちがなぜ国の不利益になってなぜ葬られるんですか？　意味がわからないわ」

やり場のない怒り。琴音のこのひと言は、車内にいる誰しもの気持ちを代弁しているようだった。

「いや琴音。守屋さんと熊さんの死についてまだ確証を得たわけではない。でもな。もし彼らが超法規的な処置で刈り取られたとするならだ。彼らは国や政府をひっくり返すような重大な情報を握っていたのではないかと推測できる」

「それはなんなんですか。もしかして光一さんも知っていること？」

「さあ、それはどうかわからない。彼らがなにを恐れてなにを封じようとしているのか」

光一は腕を組み直してさらに続けた。

「もしかすると。国や政府という概念を超えて、さらに上位の命令系統があるのかもしれないな」

●

先ほどからミサエが静かだ。まるで存在していないように気配を消している。眠っているのか。不穏な気配を察した光一は後部座席に目をやった。

「ミサエ、なにを食べているんだ?」

「なにって、和菓子に決まってるだろ。他になにがあるってんだい。この親切なお兄さんが勧めてくれるもんだからお言葉に甘えてね」

「ずっと食べてたのか。いったい何個食べたんだ?」

「知るもんか。和菓子を私に渡したのが運の尽きなんだよ。ふふふ。もう1個」

「おい、ミサエ。もうやめておけ。いくらなんでも腹こわすぞ」

「余計なお世話だよ。夜中にわけもわからずいきなり拉致されたか弱い乙女なんだ。好きなものぐらい食べてなにが悪い。それにしてもこの練り切りふしぎな形だねぇ。まるで空飛ぶ舟のようだ」

なにげなく言ったミサエのひと言に光一はぴくりと反応した。「空飛ぶ舟だって! ミサエ、それ見せてみろ」

雲ジイが気を利かせて後部座席の室内灯を灯すとミサエの手のひらに乗せられた練り切りがぼんやりと浮かび上がった。

「わぁ、かわいい!」。まず琴音が歓声を上げる。

「父が生前、職人たちに指示してつくらせていた試作品です。ずいぶん試行錯誤を繰り返していたみたいで。文字通り父の遺作になりました」

手渡された練り切りを見て、光一は改めて感嘆した。

それはまさに舟のような流線型のフォルム。胴体の両脇には小さな翼状のものが確認できる。緑色、黄色、そして桃色。見る角度によって異なる三色の餡の色が半透明の皮生地からうっすらと浮かび上がっている。素人目から見ても見事といえる出来栄えだった。

「名前は？」

「父が『浮舟』と名づけました。もう少し改良して来月から売り出そうと思っています。原価率が高いんで困りものなんですが」

「知らなかったんだよ。ほら、暗がりで手渡されただろ。これがこんな形をしてるなんてさ」

「何個食べたんだ」

「5、6個かな。あんまり美味しいんでつい……」

「よくそんなに食えるもんだな」

「ははは。大丈夫ですよ。まだたくさん残っていますから。それにこっちの袋にはどら焼きも。ミサエさん、よかったらこちらもどうぞ」

いまだ和菓子をぱくつくミサエを尻目に光一は考えていた。まだ見ぬ当面の敵は、いとも簡単に人の命を奪う暗殺者集団だということがわかった。これはもはや興味本位のお遊びではない。命がけの冒険なのだということを改めて肝に銘じた。

「それにしても……」

オレたちはどこへ行けば。いったい何を見つけに。
考えれば考えるほどわからないことだらけだ。
しかし焦ったところでなにもいいことはない。こんなときは流れに身を任せることだ。

混乱した頭で考えたところでひらめきは期待できない。行き詰ったらいっそのこと飲みに行く。その店に、あるいは一緒に飲んだ相手にヒントがもらえたりするものだ。肝心なのはつねに心身をリラックスさせておくこと。それは光一が長年広告の世界で培ってきたアイデア出しの手法の一つだ。

いまは守屋さんの申し出を受け入れて川越の親せきのお宅に世話になろう。そこで作戦会議だ。光一はそこまで考えると、窓外(そうがい)に目を向けた。夜が白々と明けはじめている。腕時計に目を落とすと5時少し前だ。高速を使わず一般道で川越まで行くとしても6時過ぎには到着するだろう。こんな早朝に大丈夫なのか、とふと頭をよぎったがきっと大丈夫なんだろう。守屋さんと雲ジイに任せておけばいいのだ。

と、そのときだ。後方からバイクのものらしい爆音が聞こえてきたかと思うと、あっという間に光一たちを乗せたクルマを右サイドから抜き去っていった。
追い抜きざまにフルフェイスの男はチラリとクルマを一瞥すると、さりげなくなにかを放り投げた。

男が投げたそれは、地面に落ちると金属音を立てて不規則にバウンドし、我々のクルマのボディをかすめた。とっさにハンドルを切りブレーキをかけなければ、クルマへのダメージはもっと大きかったかもしれない。雲ジイは路肩にクルマをとめると素早く降りて投げられた物体を確認しに行く。もどってきた雲ジイが手にしていたものは何の変哲もないスパナだった。

「あいさつ代わりということですかな」

「烏合衆か」

「おそらく」

「バイク便だったような」

「監視しているぞ、というメッセージでござりましょう。我らも心して参らねば」

第七章

●

「殺してはならん」

ヘッドセットから聞こえてくる声が押し殺すように言う。

「泳がせておくんだ」

伝える相手の心に刻印を打つかのように、一言一句を区切ってしっかりとした口調で語りかけていく。

「いいか。探しているのは確かな証拠でありそれにつながる情報だ。むやみに消してしまっては元も子もない。奴らは泳がせておけ。けっして見失うなよ」

「…………」

「奴らは必ず我々が探し求めるモノにたどり着くはずだ。上も今回だけは慎重を期せと……異例の……」

「…………」

「おい、聞いているのか？」

「はい。承知しました」

「いいな。くれぐれも手を下すなよ」

電話の向こうの声が同じコトバで念を押すと一方的に回線を切った。

男は無表情で耳を傾けていたが、やがて回線が完全に切れているのを確認すると顔を歪めて舌打ちした。

国道沿いのコンビニ。店外の喫煙スペースに男が三人。揃いのジャンパー、パンツからブーツにいたるまで、まったく同じ服装をしている。革ジャンパーの背中には、バイク便らしき社名がデザインされていた。彼らの傍らに停めている三台のバイクのリアボックスにも同じ社名ロゴがプリントされている。

「殺すな、だとよ。ったく。おまえたちのせいでワシが責められるわ」

先ほどの電話の主の叱責がよほど腹に据えかねたのだろう。リーダー格の男は怒りに任せてさらに続けた。

「屋敷のジジイもタクシーのオヤジも、脅す程度でいいと言ったろ。それを本当にやりやがって」

「…………」

ボス格の男が興奮してしゃべっている横で若めの男二人がうすら笑いを浮かべながらタバコをくゆらせている。

「ビビった顔がねえ。あの顔を見るとたまらなくて。楽にしてやりたくなるんすよ」

「まったく。血に飢えた獣だな」

「へへへ。嘉助さんだって同類じゃないっすか」

「うるさい。一緒にするな。とにかく今度は殺しはなしだ」

三人の男たちはほぼ同時にタバコを地面に投げ捨てると、揃いのヘルメットをかぶりエンジンをひと吹かしさせてから走り去っていった。

●

「よくわかりますね。ナビも見ないのに」

鶴亀堂・川越店。まだシャッターの閉まっている店先にクルマが横づけされると、若社長が感心しきりにコトバを発した。

確かに雲ジイの運転するクルマは1度も迷うことがなかった。高速を利用すれば格段に早く着くにもかかわらず、雲ジイが敢えて一般道を選んだのは、Nシステム（自動車ナンバー自動読み取り装置）の存在を知っていて、その網から極力逃れようとするためだった。

そんな雲ジイの的確な判断力に裏打ちされた行動は、光一たちにとってはごくごく当たり前のことなのだが、初めて乗った若社長にとってはナビゲーションもなにも使わない的確な運転は驚嘆に値するものだった。

「みなさん、おつかれさまでした。こちらでしばらく休憩しましょう」

「社長さん、なんだかバスガイドみたい」

寝ていた琴音がクスッと笑いながら反応する。やはり寝ていたミサエも伸びをしながらコトバを発した。

「川越といえばサツマイモだろ。いも菓子、楽しみじゃないか」

琴音といい、ミサエといい、女性たちはまるで観光気分だ。どうやら思考回路が楽天的にできているようだ。

神は己に似せて最初に女性をつくったという。それが事実なら神は楽天的なのか。そりゃそうだ。神は楽天的でなければ務まらない。悲観的な神など見たことも聞いたこともない。

まったく。いい気なもんだ。光一は心の中でそうつぶやいた。女性が男性よりも平均寿命が長いのはやはりこういうところの差なのだろう、と光一は思った。

店主らしき初老の男性に案内され、一行は通用口から店内に招き入れられた。

ひんやりとした薄暗い店内。奥に進むとクラシックなカフェの空間が現れた。

「お、カフェだ。レトロでいい雰囲気じゃないか」

ミサエの機嫌がいいのがなによりもの救いだ。このままずっと機嫌よくいてくれればいいのだがそうはいかない。ミサエの機嫌はネコの目のようにクルクル変わる。

一同は、部屋の中央に置かれた大きな丸いテーブルに集まり、思い思いのイスを選んで腰掛けた。

「わー、天井が高い」。琴音が最初に受けた印象を素直に口にする。この琴音のひと言で一同は一斉に天井を見上げた。

どっしりとした造りの商家。きっと腕の確かな大工の仕事に違いない。ゆうに100年は越えているのだろう、長い年月を経たであろう太い梁の質感が歴史を感じさせていた。

「鶴亀堂さんって、店構えがシブいというか、地味というか。広尾の店もそうだったんですがいつも通っているのに気づかなかったんですよ。まるでそこに存在していないかのように気配を消していた」

「こら、光一。あんた地味だなんて失礼なこと言うんじゃないよ。鶴亀堂さんはね、店は地味かもしれないが味は最高なんだ。あたしゃ、ここの和菓子がいちばんだと思ってるよ」

「ははは。地味で目立ちませんか。商売としては落第ですね。でも、目立たないこと。それは守屋家の家風なんです」

「じつを申すとこちらの守屋家と我ら雲居家は古くから交流がありましてな」

「え、雲ジイって鶴亀堂さんと知り合いだったの？　遠い親せきとか？」

「いえ、親せきではござらん。なんと言えばよいか……。志を同じゅうする同士のような」

「へえー。じゃ雲ジイは若社長のことも知ってるの？」

「守屋の坊ちゃんとは幼いころにお会いしております。月日が経つのは早いもの。こんなに立派になられて感慨もひとしおでございます」。雲ジイはそう言うと若社長に向け改めて軽い会釈をした。

「いやー、その昔お会いしていたなんて。覚えていないなあ。あ、もしかしたら。ボクの叔父のことはご存知ですかね？」

そのとき、店の奥から作業着に着替えた初老の男性がお盆を手に入ってきた。

「みなさま、ご苦労さまでございます。あいにく店の者たちが揃わずお構いもできませんがせめてひと時をごゆるりと過ごされますように」

「あ、紹介します。いま話していた叔父です」

「叔父の守屋有心でございます。龍太郎が大変お世話になっております」。店の主の丁寧なあいさつに、みな恐縮して立ち上がったとき、雲ジイはふたたび口を開いた。

「これはこれは、有心殿。お久しゅうございます。有心殿にはお変わりないご様子でなにより。それにしてもこの度の龍心殿のご不幸。あまりにも突然のことで驚いております。まずは衷心よりお悔やみ申し上げまする」

「これはこれは。ご丁寧なお言葉、いたみいります。私よりもそこにいる龍太郎のほうが……。よほど堪えておるようにございます。みなさまのお力添えでこの龍太郎をなんとか盛り立ててやっていただければこんなうれしいことはございません。みなさま何卒よろしくお願い申し上げます」。

二人の老人による丁寧なやり取りに、若い者たちはなんと対応してよいかわからずただただ黙して頭をぺこぺこ下げている。そんな重苦しい空気をかき分けるかのように琴音がコトバを発した。

「ふふふ。なんだかお二人のやりとり、時代劇見てるみたい」

琴音のこのひと言で場の雰囲気は一気に和んだ。

「はははは。これは失礼いたしました。歳を取るとどうしても堅苦しい物言いになってしもうて」

ひとしきり和んだやり取りが続いたあと、店主が退出すると光一を始めとする一同は自分たちが置かれた現実に立ちもどった。

●

「さてと、これからどうするかな」

この光一のひとり言めいたひと言に即座に反応したのはミサエだった。

「おい、光一さんよ。これからどうするか、だって？　冗談じゃないよ。こんなことにあたしらを巻き込んどいてさ。これからどうするか、あんたなんも考えてないのかい？　まったく呆れたもんだよ。あたしゃもう帰るよ。帰しとくれ、いますぐ」

ミサエの突然の大噴火に、一同はなすすべもなくただぽかんと眺めていた。

「ミサエさん。ほんとに申し訳ありません」。若社長がほんとにすまなそうに謝っている。それを横目で見ながら光一は、ああ、また始まったか、と思った。ミサエのマシンガンのようなコトバによる攻撃は、つき合いの長い光一には慣れっこだ。しかし、他のメンバー、特に鶴亀堂の若社長には初めての出来事なのだ。

ミサエがここまで荒れているのは、他ならぬ空腹のせいだ。きっと腹が減っているに違いない。そう察した光一は、おだやかな口調で話し始めた。

「なあ、ミサエ。オレはなんも考えていないわけじゃない。オレなりに考えていることはある。どうだろう。ここは一つ腹ごしらえでもして、気持ちを落ち着かせてからこれからのことを話し合おうじゃないか。もしどうしても帰りたければ飯を食ってからでも遅くはないだろう」

「ふん。なんだい。その駄々っ子を諭す大人のような口ぶりは。気に入らないね、まったく」

一人でいきり立っているミサエをぼんやりと見ていた啓二がおもむろに口を開いた。

「そう言われてみればお腹空きましたよね」

「そうね。お腹空いたわ」と琴音も同調する。

そんな様子を見ていた若社長が雰囲気を察して、

「そ、そうですよね。みなさん、気がつかずにすみません。なにか軽い朝食がつくれないか聞いてきますのでちょっとお待ちください」

そう言いながら店の奥に消えていく若社長を見送りながら光一はやれやれと思った。

●

しばらくして運ばれてきたのは、芋おこわを中心にした定食スタイルだった。竹籠に入った芋おこわに、根菜の煮物、香の物、吸い物が添えられ、行儀よくお盆に載せられている。

「みなさま、こちらは私どもがランチメニューとしてお客様に提供しているものでございます。お口に合うかどうか。さ、さ、冷めないうちにどうぞお召し上がりくだされ」。そう言うと店主は、ふたたび店の奥へと消えていった。早朝にもかかわらずこれほどのものを用意されたことにミサエはいたく感じ入ったらしく、仏頂面からあっという間に表情を崩し、吸い物の椀を手のひらで包みながらしみじみとこう言った。

「ありがたいね。この温もりだけでも充分ごちそうだよ。さっそくいただこうじゃないか」

ミサエのコトバを合図に一同は一斉に箸を手に持ち、みんな黙々と食べ始めた。

スレンダーが売り物のミサエのペースが速い。男の光一が半分ほど食べ進んでいるのに対し、ミサエは完食間近だ。

「これでさあ、お口直しに、きんつばでもいかがでしょう、なんて言われたらあたしゃ天にも上る気分だよ」。あんなに機嫌の悪かったミサエが手のひらを返したように軽口を叩いている。いつものことだけどいい気なもんだ。

光一がようやく食べ終えると頃合いを計っていたかのように店主の有心さんがお茶のセットを持って入ってきた。「みなさま、お口に合いましたでしょうか。ここに久須とお湯を用意いたしましたのでご自由にお飲みください。あ、それと。おーい。あれ持ってきて。あ、私どもが今朝つくったばかりのお菓子もございますのでよろしければ召し上がってみてください」。店主に呼ばれて入ってきた若い従業員が手にしているのは、紛れもなくきんつばであり、豆大福であり、練り切りだった。光一を始め一同は、一斉にミサエに視線を送る。「あら、あたし別に催促したわけじゃないからね。しかし、こういうの阿吽の呼吸って言うのかね。打てば響くって言うのかね。それとも、かゆい所に手が届くって言うのかね。日本のおもてなしってものはこうでなくちゃね。ありがたくいただくよ」。そう言いながらミサエの手が自然にきんつばへと伸びている。あれだけの食事をした直後にきんつばが食べられるのか。女の別腹というのはまったく不可思議だ。見ていると琴音までが和菓子に手を伸ばしている。

上機嫌でまくしたてるミサエの様子を見るにつけ、憎めないキャラだな、と改めて感じるのだった。

「しかし光一さんよ。あんたはつくづく飽きさせない男だね。事情はわかった。あんたとは長い付き合いだ。一肌脱ごうじゃないか」

光一はミサエの機嫌のいいこのときをのがすまいと詳しい事情を説明した。

ひとしきり黙って聞いていたミサエは、冷めてしまったお茶を飲みほしてから口を開いた。

「今度はなにかい。命を狙われているだって。ほらあたしが忠告した通りだろ。それも何の関係のないあたしらまでとはね。光一さんよ、あんたなにを知っているんだい？ 狙っているやつらが欲しがっているのはおまえさんが持ってる情報なんだろ。命まで狙われるような情報ってなんなんだい？」

「いや。オレにもそれはわからない。ただ……」

「ただ、なんだい？」

「オレが書いたあの本が火をつけたのかもしれない。それに……」

光一はそう言うと小太郎に合図を送りかばんの中のものを取り出させた。

「これだ。このバインダーを狙っている可能性が高い」

目の前のテーブルに置かれたバインダーをミサエがおそるおそる開いてみる。するとページの中から台紙に無造作に貼られた奇妙な図形が現れた。

「なんなんだい？　このミョウチクリンな絵は」

「この図形こそ、亡くなった守屋さんが残したメッセージであり、鹿児島の熊さんが命がけで護ろうとした手がかりなんだと思う」

「ヒョエー。このへんてこりんな図形がねー。で、あんたこのヘンな図形の意味がわかるのかい？」

「夕べ琴音たちと解読したよ。この渦巻の形は『カタカムナ文献』に見られる特徴だ。そしてこの記号。これはイヅモ文字という古代文字であることがわかった。守屋さんは日本に伝わる古代文字の研究家としても有名だった。その豊富な知識を駆使してメッセージを作成したんだと思う」

「で、なんて読むんだい？」

「センノモリメグリテユク」

「なんだいそれ。なんかの呪文かい？」

「わからない」

「わからないのかい。ずいぶんもったいぶるじゃないか」

「オレがもったいぶっているわけじゃない。この手のメッセージは、知らせたい者にだけ届くように工夫されている」

「知られたくない者にはわからないように」

琴音がひとり言のようにコトバを発する。

「そう。つまりそれを読み解く者の知識量が問われているんだ」

「それでおまえさんは、読み解けたのかい？」

「いや、まだ確証はないがいくつか思い当たるものはある」

「センノモリかぁ」。ふたたび琴音が口を開く。

「センノモリのセンって数字の千のことでしょ。森を千個も巡っていくなんてなんだか童話みたい。ロマンチックだわあ」

琴音の能天気なこの発言に一同は黙り込んでしまった。

一同の視線が宙を舞い、焦点が定まらない。

その沈黙を破ったのはやはりミサエだった。

「冗談じゃないよ。これから森を千個も巡るなんてあたしはごめんだよ」

「いや。違うな」

「何が違うって言うんだい？」

「センノモリは、森が千個ではない」

「じゃあ、なんなんだい？」

「オレには心当たりがある。それは……」

「それは？」

「まったくじれったいね。それで、あたしらはこれからどこへ向かうんだい？」

「これから北へ向かおうと思う」

●

「どうぞこちらへ」

導かれるままに光一たちは作業場へと案内される。早朝のためかまだ人影はなくガランとしている。さすがに食べ物を扱う作業場だけに古びてはいるが妙に小ぎれいな印象だ。

和菓子屋の奥の作業場に入るのはおそらく全員が初めての経験なのだろう。みな好奇のまなざしできょろきょろと見回している。

「彫刻家のアトリエみたい。ほら、この作業台。それに彫刻刀みたいな道具たちも」

琴音がそんな感想を漏らすとミサエが反応した。

「あんた、彫刻家のアトリエなんか行ったことあるのかい？」

「いえ。でも雰囲気が何となく」

「小学校の工作室に似てるな。オレこう見えて、粘土細工が得意だったんだぜ」

と啓二が応じる。

それは作業場のさらに奥の部屋にあった。大人が5人も入ると窮屈になるほどの小部屋。その真ん中に周囲が石で囲われた円筒形の構造物。井戸にしては間口がやや大きめだろうか。すだれ状の覆いがかけられている。

主人は無造作に覆いを取り去るとこちらに向き直りこう言った。

「あのよみちと言いましてな」

聞き慣れないコトバに一同は異口同音に聞き直した。

「あのよみち?」

「先祖代々我ら一族が受け継いでおる道でございます」

「道ですか。つまり地下道のようなものですか」

「おまえたち、あれを……」

主人は、若い者たちに指示して大きなものを運んで来させた。一同はなにが始まるのかとただ呆然と見守っている。それは、丸太を三脚状に組んだ足場のようなものだった。高さは2メートルほどはあるだろうか。三脚の上部には滑車がくくりつけてある。そこに縄を通してありその先端部に同じ材質で編まれた籠が装着されていた。

「これで準備完了です」

準備完了とはどういうことなのか。光一も、他のメンバーもその意味を計りかねていた。

「あの……」

琴音がおそるおそる口を開いた。

「この井戸はどこにつながっているんですか」

「どこへなりとも」

「どこへでも？」

「はい。行きたい場所へ」


「つまりワープ。時空の歪みを利用した位相変換ということか」

光一は腕組みをするとひとり言のようにつぶやいた。

「どういう仕掛けか、むずかしいことはわかりませんが行きたい場所を念じるだけで瞬時にその場所に行くことができます」

「ちょ、ちょ、ちょっと待っとくれよ」。後ろのほうで興味なさげにしていたミサエが光一や琴音をかき分けて前に出ると、

「あたしゃ暗くてジメジメした穴ん中に落ちるのはごめんだよ」

光一はこのミサエの意思表示を完全に無視すると店主に向かって言った。

「ご主人、地図ありますか、東北の地図」

「はい。ございます。こちらに」

即座に手渡された地図に光一は一瞬面食らったが、やがて合点がいったようで、

「そうか、これを使って場所をフィックスするんだな」とひとり言をつぶやくと、冊子状になった地図のページをぱらぱらとめくっていく。

地図はかなり頻繁に使われているようであちらこちらが擦り切れ、全体がボロボロになっていた。琴音や啓二が地図を覗き込んでいる。かなり詳細な地図だ。

考えてみれば行き先が大雑把ではたどり着けない。

ましてやこのシステムの場合ピンポイントで行き先を定めなければどこへ連れていかれるかわからないではないか。

光一が不安げな視線を向けると店主は察して口を開いた。

「はい。私どもがこの道を使うときには地図にこれを刺しております」

店主が手にしていたのは箱に入ったピン止めのピンだった。

「たとえば川越の駅前に行くとします。川越の駅前、あ、これです。この駅前の、改札を出た、公衆便所の脇」

店主はこう言いながら地図上のある場所にピンを刺した。

「こうすれば行き先を誤ることはありません」

あのよみち、か。言い得て妙だな。光一はこの呼び方に興味をそそられた。

あの世。死んで肉体を失えば誰もが行かざるを得ない未知なる世界。

この井戸はその世界へと続く道だというのか。

光一の脳裏にはいつの間にかメビウスの輪が浮かんでいた。宇宙には表宇宙と裏宇宙があるという。


この世とあの世。表と裏。

どちらが表でどちらが裏なのかはわからないが、少なくともオレが認識しているこの宇宙はオモテとウラの二重構造になっている、ということのようだ。

この井戸は、この世とあの世、表と裏をつなぐ接点になっているということなのか。


待てよ。光一は視点を変えた。

たとえば人間の身体が、メビウスの輪のように表から裏へ、裏から表へとスムースに行き来するためには量子レベルのスケールにまで分解極微小化され、表と裏の境界を通過した後再度、極細分化された量子パーツが再統合されなければ不可能な筈だ。

こんな古びた井戸の中ではたしてそんなことが可能なのか？

光一はにわかには信じ難かった。どういう理屈、どういう仕組みで。

死と再生。イエス・キリスト。光一の脳裏には次々とキーワードや図形が浮かんでくる。

光一がさらに思考を巡らせようとしたとき、啓二が珍しく質問を投げかけた。

「あの、ちょっといいですか？　ワープした先にちょうど人がいたらどうなるんですか」

「はい。私の経験では1度も怪しく思われたことはありません。前に1度、知らない女性の目の前に現れてぶつかりそうになったことがありましたが大丈夫でした」

「街中から人が一人消えようが現れようが気にしてないから」とミサエが言うと、

「人の注意力なんてそんなもんかもしれないですね」と啓二が妙に納得したように続けた。

●

「『センノモリメグリテユク』。あの暗号めいた文章のセンノモリとは何を表しているのか。『千の森』としてしまうとあまりにも焦点がぼやけてしまう。龍心さんはどこか一点を指すつもりで『センノモリ』としたのではないかな」

「それがつまりここだと。えーと」

琴音は光一が指で指し示す地名を声に出して読み上げた。

「えーと。センガン、モリ、ヤマ。センノモリとセンガンモリ。確かに似てるわ」

「そう。千貫森山」

ひと呼吸置いて光一は続けた。「UFO、つまり未確認飛行物体が頻繁に目撃される特別な場所だ」

「へー、UFO！　ここに行けば見られるんですか？　私見てみたいなー」。琴音が目をキラキラ輝かせて言う。

「へー、『ET』みたいっすね。日本にもそんな場所あるんだ」

啓二も身を乗り出してくる。

「あー、そうか。なるほど」

先ほどから成り行きを見守っていた若社長が何かに気づいたように口を開いた。「ここですよ。ここで間違いないと思います」。そう言って持ち歩いていた紙袋の中から何かを取り出した。

「あ、UFOだ！」

「浮舟。父がどうしても世に出したかった新作の練り切りです」

「あ、さっきクルマの中で食べたやつ。かじってみたら意外にも白餡だったもんだから。へー、なかなか洒落てるなーってね」

「父が珍しく陣頭指揮して、こだわりにこだわって完成させた力作です」

「あたしゃイヤだよ。この井戸を下りていくなんてまっぴらごめんだからね」

「あら。ミサエさん楽しそうじゃないですか。みんなでやれば怖くない。やってみましょうよ」

「冗談じゃないよ。あんなジメジメした穴ん中へ誰が好き好んで飛びこむっていうんだい。まったく光一と一緒だとろくなことにならないんだから」

と言って睨みつけるミサエの視線を無視して光一は雲ジイに話しかけた。

「雲ジイはクルマでここへ向かってくれないか。できるだけ尾行のバイクをまいてくれると助かる」

「承知いたした」

「あたしは雲ジイとクルマで行くよ」

ゴネているミサエを見かねた光一は噛んで含めるような口調で
「ミサエ。いいか。雲ジイのクルマはバイクの集団にマークされていて危ないんだ。相手は人殺し集団なんだぞ。捕まったら確実に殺される。それにミサエが一緒だと雲ジイが動きづらい」

ミサエは歯に衣着せぬ物言いのわりには意外と気が小さいところがある。人殺し、殺されるなどといった刺激の強いコトバを敢えて使ったのが効果的だったようで、ミサエの反抗的なエネルギーが見る見るうちにしぼんでいくのが感じられた。光一は一瞬だけ苦笑いを浮かべると気を取り直して全員に伝えた。

「目指すはここだ」

光一たち一行は一人ずつ、光一を先頭に啓二、琴音、ミサエ、小太郎の順に井戸の底へ、「あのよみち」へと下りていく。

井戸の底に降りてみるとそこには意外にも全員が揃って立っていられるほどの広い空間が広がっていた。

「あーあ、ほら靴が水びたしじゃないか。まったくもう」。ミサエのグチを尻目に井戸の上から声が降りそそぐ。

「みなさん、手をしっかりつないでください。そのほうが迷うことはありません」

光一たちは言われた通り手をしっかりとつないだ。

ほどなくどこからか風が吹き始めると、その風は猛烈なものとなり、光一たちの身体の中を吹きぬけて行った。

「ちっ、こんな道ばかり走りやがって」

バイクの男がグチっている。それも道理で、川越の和菓子屋を出発してからというもの、幹線道路を敢えて行かず、ひたすら脇道や曲がりくねった林道を選んで走行しているのだ。

そのミニバンの後方にはバイクが3台。まるで金魚のフンのようにつかず離れず追走している。

ミニバンが巻き上げる砂埃を回避するためか幾分距離を開けているが、舗装されていない石ころだらけの道はバイクにとっては厄介なものだ。


「5分後に決行」

ミニバンを追走するバイクの3人のヘッドセットに短い指令が入った。前日の夜に知らされていた作戦、それを実行に移すということだ。

ようやく動きが出てきたな。追尾だけを命じられていたバイクの3人には願ってもない指令だった。

険しい峠越え。先ほどから幅が狭くガードレールもない道が続いている。片側は深い渓谷になっていて谷底から水の流れる音が聞こえてくる。谷底まで20〜30メートルはあるだろうか。クルマごと落ちればまっ逆さまだ。ここなら防犯カメラもないし。人の目も届かない。あの作戦を実行するには絶好の場所だな。バイクのボス格の男はそう心でつぶやき口の端で少し笑った。

前方のミニバンは相変わらず注意深く走り続けている。と、少し先のカーブから1台のクルマが向かって来るのが見えた。

この種の林道には必ずすれ違えるスペースが設けられているものだ。ミニバンは向かってくるクルマの存在を認めるといち早く回避スペースを見つけ、クルマを寄せて対向車をやり過ごすことにした。

追尾してきたバイクも適度な距離を空けて停車する。

対向車がやって来た。回避スペースのミニバンに向けてパッシングで合図を送る。そのまま通り過ぎていくと思ったそのとき、予期せぬことが起こった。まるで道を塞ぐように道の真ん中に停車してエンジンを切ったのだ。

背後の3台のバイクもほぼ同時にエンジンを切る。と、静寂が広がり、その静寂を切り裂くように鳥の鳴き声が鋭く響いた。

対向車のドアが静かに開く。一人の男がゆっくりとした動作で林道の上に降り立った。黒のスーツ、黒のブーツ、その上に黒のダスターコート、そして黒の革手袋。どのパーツ一つをとっても上質な素材と仕立ての良さを感じさせる。

「葛城光一君。榊原です」

よく通る声が響き渡る。が、ミニバンの後部座席を仕切るカーテンは閉じられたままだ。

「葛城君じゃよそよそしいから親しみを込めて光一君と呼ばせてもらうよ。君ともう1度話がしたくてここまで追いかけてきた。君たちが探しているものは私が長年探しているものと同じだと思う。だから手を組んで探し出せばもっと早く見つけられるのではないかと思ってね。光一君。いまの立場を理解したほうがいい。私は手荒なまねは好まない。が、後ろには血の気の多い者たちが控えているんだ」

ふたたび静寂が支配する。谷底から勢いよく水の流れる音が聞こえてくる。

「とにかくクルマから降りて顔を見せてくれないかな。わざわざこんなところまで君に会いに来ているんだ」

業を煮やしたかのように男はバイクの男たちに合図を送る。バイクの男たちがゆっくりと近づき始めたとき、ミニバンが動いた。

ザリッ、ザリッ。めいっぱいにハンドルを切りながら静かに動くミニバン。前方も後方も塞がれた状況でミニバンはどこへ行こうというのか。取り囲む男たちはどうせ逃げられはしないとタカをくくり薄ら笑いさえ浮かべている。

しかしミニバンは動きを止めず、道の端目がけて直進する。

「まさか！」。バイクの男たちが慌てて駆け寄る。

「おい、止まれ！」。屈強な男たちの力でさえなすすべもない。

「ウソだろ！」

ザリッ、ザリッ。タイヤが小石を踏みしめながら着実に奈落へと進んでいく。

「バカな！」。榊原と名乗る男はその場に立ちすくみ吐き捨てるように言った。

ミニバンは躊躇することなく動き続け、道の端から木の枝をへし折りながら谷底へと転げ落ちていった。途中突き出た岩場でバウンドするとボンネットカバーが吹き飛び炎を上げる。ガラスというガラスはすべて粉々に砕け、木の枝が車内に突き刺さりながら落ちていく。沢まで落ちると屋根を下にした状態から半回転してようやく静止した。生存する者が這い出してくるかと固唾を呑んで見守っていたが何も動きはない。ややあって榊原が静寂を切り裂くように口を開いた。

「おい。なにをぼやっとしているんだ。沢へ下りて確認してこい！」

第八章

千貫森山は、福島県の中央部、阿武隈高地の一角に位置する標高460メートル余りの山だ。山というよりも小高い丘と表現したほうが的確かもしれない。市街地を抜けて田園地帯の途切れるあたり。なだらかな平地から急激に立ち上がる地形。少し登るだけで見晴らしの良い景色が楽しめるため、地元民の身近な散歩コースとして知られている。しかしこの丘はまたそれとは異なる特色を持つ場所として、ある種のマニアの間で注目されているのだ。ＵＦＯ（未確認飛行物体）が頻繁に目撃できる特異な場所。その評判がテレビやマスコミなどで取り上げられるに連れ全国から愛好者が訪れるようになる。いつしかＵＦＯの聖地としてその名を知られるようになっていった。

「みんないるか」

「ああ、あたしはここにいるよ」。ミサエが弱々しい声を上げる。

川越の和菓子屋から「あのよみち」を通って瞬時のうちに千貫森の山頂に建つ展望台の物陰から湧き出るように現れた光一は、メンバー全員が無事揃っていることを確認してホッとした。平日の午前中、それも雨が降っていることもあってか人影がまったくない。それを幸いに6名もの人間の瞬間移動は誰にも目撃されることなく成し遂げられた。

光一は以前にもこの千貫森を訪れたことがある。かつてUFOについて熱心に調べていたころのことだ。UFOを追いかけていくと当然のように千貫森山の存在に行きあたる。UFOに1度でも取り憑かれたことのある者にとって千貫森は必ず押さえておかなければならない場所なのだ。

ここの展望台こんなきれいだったかな？　光一は心の中でつぶやきながら下りる道を探した。確かこの道を下りていけば、何かしら施設があったはずだ。光一は記憶をたどって下山を始めた。

「ここがUFO銀座ってかい。銀座にしちゃずいぶん寂しいじゃないか」。ミサエが皮肉を込めて言う通り人影が一つとして見当たらない。

霧雨は次第に本降りになり気温も急激に下がってきた。雨がみぞれや雪に変わってもいいほどの急激な冷え込みだ。一行は足を早め、雨がしのげる場所を目指した。「あ、ありました。ほらあそこ」。小太郎が指差した先に見えたのは、屋根が鈍く銀色に光る建物だった。

「うー、寒っ！」とミサエ。「あー、こんなに濡れちゃった」。入口へ飛び込んだ琴音が叫んだ。

「ちゃんと乾かさないと風邪引いちゃう」

「ＵＦＯ物産館」か。光一は入口にかかっている看板を一瞥した。
ＵＦＯにも物産があるとは知らなかった。中に入って見てみるとＵＦＯにまつわるありとあらゆる土産物が販売されている。ＵＦＯまんじゅう、ＵＦＯせんべい、ＵＦＯクッキー、ＵＦＯサブレ、ＵＦＯキーホルダー、ＵＦＯ手ぬぐい、ＵＦＯハンカチ、ＵＦＯティーシャツ。ＵＦＯ一色だ。当の宇宙人がここに来たらなんて思うだろう。
「なんだいここは。なんかの冗談なのかい」。光一はとっさにミサエの身体をつつき、それ以上の発言を慎むよう合図を送った。しかしミサエの言いたいことはわかる。下山する途中に立っていた宇宙人といい、この物産館に置かれたさまざまなグッズといい、ＵＦＯや宇宙人に対する扱いが軽すぎるのだ。現時点でＵＦＯも宇宙人もその存在は公には認められていない。いるのかいないのか曖昧だからとりあえず「ゆるキャラ」と一緒にしておこう的な安易さを感じる。仕方ない。光一は軽くため息をついた。よく考えればそれはそれでフレンドリーだし好感が持てる。宇宙人を敵視して対決姿勢を露わにするよりは明らかにいい。

「見てみたいなー」

売店の奥にある食堂で琴音がパノラマ状に開けた窓外の景色をぼんやりと眺めながらつぶやいた。

「なにを」

「なにをって決まってるじゃないですか」「見たことないのか？」

「そういう光一さんはあるんですか？」

光一は熱いコーヒーをひと口すると絞り出すように言った。

「あるなんてもんじゃない」

光一の場合、ＵＦＯに関しては「いるか、いないか」という存在の是非を問う次元ではない。10代の後半から20代後半までほぼ十年間ＵＦＯの目撃が日常化していた過去がある。

「学生時代のことだ」

光一は窓外に視線を移すと静かに語り始めた。

「宇宙人に出くわしたことがある」

「えっ、マジっすか？」と啓二。

「ほんとに〜？」。琴音のよく響く声が食堂内に反響する。

「ああ、オレを含めて四人で目撃したんだから間違いはない」

「あたしゃ光一とは付き合いが長いけど初めて聞く話だねー。で、どんな宇宙人だったんだい？」

「あれは6月か7月だったかな。雨上がりで霧の濃い夜だった。オレはサークル仲間の女性と霧深い深夜の歩道を歩いていた。前方にもう1組別のカップルがいて」

光一は近くにあったコショウやしょう油の容器を二組のカップルに見立てながらさらに続けた。

「なんとなく前方のカップルと距離を保ちながら歩いていたんだが赤信号で前のカップルが立ち止まったので追いついてしまった」

琴音と啓二に加え小太郎やミサエまでが光一の話に引き込まれていく。

「オレと彼女、見知らぬカップルの四人が信号待ちで横一線に並んだ瞬間だった。オレたちのほんの十数メートル前方に文字通りの未確認飛行物体が音もなく舞い降りてきた。唖然として眺めていると中から人らしきものが降りて来てこっちに向かってきたんだ」「ふんふん。その音もなくってところがいかにもUFOらしいじゃないか」とミサエがさらに身を乗り出してくる。

「そのとき、別のカップルの女性が『怖い！』って叫んだんだ」

聞いている者たち全員が身を乗り出して光一の次のコトバを待った。

「宇宙人たちは慌てて引き返してあっという間に飛び去ってしまった」

「えーっ！　もったいない。私なら駆け寄っていってごあいさつするのにー」。本気で悔しがる琴音のコトバに光一は苦笑しながら続けた。「しかし、その後堰を切ったようにＵＦＯを目撃することになるんだ」

光一には苦い経験がある。そんなＵＦＯの体験談を当時いちばん親しかった友人に打ち明けたことがあった。その友人は蔑むような笑みを口の端に浮かべてこう言った。「おまえ、酔っ払って悪い夢でも見たんだろ。オレはその手の非科学的で胡散臭い話は一切信じないことにしている」。その日以来、その友人は光一を避けるようになり、いつしか関係は消滅した。あんなに気が合って仲がよかったのに。以来光一は、ＵＦＯの話題を持ち出すことには慎重を期すようにしている。

「ＵＦＯは……」

光一はひとり言のようにつぶやく。

「選んでるんだよ」

「選んでるって？」

琴音が素直に疑問を口にする。

「そう。ＵＦＯは目撃する人間を選んでるんだ。つまり目撃する側にイニシアチブはないということ。ＵＦＯ側からすれば『見られてしまった』はない」

「えー、でも何のために？」

「さぁ、それはわからない。わからないが……」

光一はやや間をおいてからさらに続けた。

「おそらく啓蒙活動なんじゃないかな」

数多くのＵＦＯを目撃してきた体験から光一が受ける感覚だ。

「ねえ、光一さん。さっきミサエさんも言ってたけど音も立てないで空から舞い降りてきたんですよね。ＵＦＯってどうやって飛ぶんですか。さすがの光一さんでもそれはムリか。そのときの宇宙人さんに聞いてみたかったなー」。琴音にそう言われ、光一は少しムッとした表情を浮かべ一瞬目を大きく見開くと小太郎に指示を出した。

「小太郎。例のバインダー出してくれ」。言われると同時に小太郎は素早く自分のリュックから白いバインダーを取り出して光一に渡した。

「これだ、このページ」。光一が指し示した箇所に琴音と啓二は身を乗り出して覗き込んだ。

「ここに記されている二つのコトバ」。光一はここでコーヒーをひと口すすってさらに続けた。

「一つはメルカバーだ。メルカバー（Merkabah）とは、神の戦車、天の車、あるいは聖なる神の玉座を意味するヘブライ語だ。旧約聖書の中の三大預言書の一つ『エゼキエル書』に登場する。

そしてもう一つ、マカバ（Ｍｅｒｋａｂａ）とは、はるか古代から伝わる神聖幾何学の体系の中にあるもので、二つの正四面体を上下に重ね合わせた形態を指す。この形が人体をすっぽりと囲い込むようにエネルギーの場として存在している。

このエネルギー場は『乗り物』のようなもので、ある種の瞑想によって活性化させることでマカバが強化され回転を始め、やがて場そのものが時空を切り開いて次元移動が可能になる。太古の人々はそのようにして次元間を自在に移動していたんだ」

光一の話を聞いていた一同はコトバを失っていた。しばし沈黙があたりを支配する。やっとの思いで口を開いたのはやはり琴音だった。

「あの、それってつまり……」。光一の唐突とも言える話の方向転換に戸惑いながら琴音がコトバを投げかけた。「それってつまり『ＵＦＯはどうやって飛ぶのか』にメルカバーやマカバが関係してるっていうこと？」

「ああ。このバインダーの持ち主である守屋さんはそう考えていた。そしてオレもそう考えてる」

すると啓二が身を乗り出してたたみかけてきた。「つまり、つまりですよ。神の戦車や神の玉座はじつはＵＦＯのことで、瞑想でＵＦＯが飛んじゃうってこと？」

琴音がなにかに気づいて興奮気味にコトバを発した。

「これってUFOのカタチそのものじゃないですか！」「あ、ほんとだ」

一同は琴音が指差したイラストを覗き込む。そこには一人の人間を取り巻く星形の立方体、それを包含するように横に長い、まさしくUFO型の図形が描かれていた。

「その、マカバっていうのがUFOの……」

「ちょっと待ちな。じゃあなにかい。UFOは大昔には人間が乗ってたってことかい？」

「ああ。さすがミサエだ。呑み込みが早いな。太古の昔。神人、つまり神の人と呼ばれる種族がUFOを操っていたんだ」

「神の人って。光一さんの本に出てくるシウカラのことですか」

琴音がおそるおそる尋ねる。

「そう。東大神族と書いてシウカラ。守屋さんはこのシウカラの子孫たちが継承し遺した宝、すなわち『カラの宝』を探しあてたんだと思う」

「神人って、神なんですか人間なんですか」

「もともとは地球から25光年ほどの距離にある琴座星系から来たヒューマノイド型の地球外生命体だ」

「えっ！　それって宇宙人ってこと？」

「えー、神さまって宇宙人なの？」

「なあ、琴音。スポーツでもなんでもいい。常識では考えられないような超人的なパフォーマンスを見せる人をなんて言う？」

「うーん。神がかってるとか……。最近じゃ神ってるとか」

「ところで光一さんよ。こんなとこでいつまでも油売っててていいのかい」

ミサエのひと言で我に返った一同は周りを見回した。手がかりだ。手がかりを探さなくては。いままでに守屋さんの残したと思われる手がかりはじつに多彩であり手が込んでいる。出雲では色紙だったな。光一は出雲での一件を思い出し、この食堂にもそんな色紙はないか四方の壁をチェックした。

「なぁおまえたちも手がかりを探してくれ。なんでもいい。感じるものがあったら教えてくれ」

売店の売り子や食堂の人にも聞いたが心当たりはないという。

ここが目指すゴールではないはずだ。「センノモリメグリテユク」は「センノモリを巡っていく」つまり「経由して行く」と解釈できる。光一はそう信じて疑わなかった。亡くなった守屋さんは生前UFOにただならぬ関心を寄せていた。だからこの千貫森山を経由地として選んだに違いない。

そうだ。「UFOふれあい館に行ってみよう」


「なに、一人もいないだと？」

沢から上がってきた部下の報告に榊原は思わずコトバを失った。

なぜだ。待てよ。最初から乗っていなかった？　それにしても……。

自問を繰り返していた榊原はようやく口を開いた。

「乗っているのは確かめたのか」「はい。昨日までは確かに」「今朝はどうなんだ」「ずっとカーテンが……」「なに、カーテンだと。奴らが乗ってるのを目視していないのか」「……」「最初から乗っていなかったんじゃないのか」「しかし、運転手の爺さんが後ろに話しかけてましたから」「ふん。そんなもの！」。榊原は吐き捨てるよう言った。「それにしても爺さんまで消えてしまったとは。岩で弾んだショックで投げ出されたのかもしれない。とにかく探せ。手がかりになるものならなんでもいい。草の根を分けてでも探し出せ」


30台はゆうに超えているだろうか。同じ型、同じデザイン、同じ社名入りのバイクに乗った男たちが人気のない林道に集結している。黒一色で統一されたバイクの大集団。しかもこれもまた黒一色のユニフォームに身を固めた強面の集団は見るからに迫力がある。一般の車両がこんな集団に出くわしたら一目散に逃げ出したくなる光景だ。リアに取りつけられたボックスには「UGO急便」のロゴが、コーポレートキャラクターの漆黒の烏「旅がらす」とともにデザインされている。インパクトのあるCMで一躍知られるようになりここ十年ほどのうちに物流業界の中心的存在にのし上がってきた企業だ。あまりの急成長ぶりに大物政治家との癒着が疑われたり、バックに反社会勢力がいるのではないかなど、ダークな噂の絶えない会社としても有名だ。

それに加えて配送に携わるスタッフの素行も問題視されている。

バイクの男たちはクルマが停止していたあたりから転落した斜面を中心にくまなく捜索した。しかし人の気配はおろか手荷物すら見つからない。

「チッ、まったく忌々しいジジイだぜ!」。榊原の側近の部下の一人が吐き捨てるように言った。人はおろか有力な手がかりさえ発見できない現場には何の意味もない。「撤収!」

榊原を乗せたクルマは、バイクの集団を従えてその場から走り去った。巻き上がった砂埃が消えてなくなる。そして何事もなかったかのようにふたたび静寂が広がる。と、その刹那、路傍の石が少しだけ動いたのを高枝に留まるトビだけが見ていた。


「すごい! これ全部UFOの本?」

ふれあい館に入るとまず目につくのが大量の資料本だ。足元から天井の高さまで設けられた棚にぎっしりと本が収まっている。年代を感じさせる本ばかりだ。見ると奥の展示室へと続く通路、その右側がすべて本棚になっている。ざっと流して見ただけでも光一には見覚えのある本がそこかしこに見受けられた。本棚を横目に見ながら通路を進むとアーチ型の展示室の扉が見えてきた。

奥の展示室は、UFOと人間との関わり合いの歴史が年表になっていたり、UFOを撮影した映像なども自由に閲覧できるようになっていた。しかしまず目につくのがあちらこちらに置かれている宇宙人らしきフィギュアだ。

「宇宙人ってなぜかいつもこんな感じですよね」「ほんとに。いったい誰が決めたんですかね。全身がグレーだし、頭は大きいし」「目はアーモンド型だし、つり上がってるし」。啓二と琴音の会話に小太郎が加わってくる。「そもそも宇宙人って1種類だけなんですかね」

確かにこいつらの言う通りだと光一も思った。「それはたぶん、グレイという宇宙人をモデルにしているためだと思う」

「光一さんよ。あんた宇宙人にも知り合いがいるのかい?」。ミサエが茶化したように言うと光一はそれに応えた。「ああ、オレが学生の頃に遭遇した生命体ももしかしたらグレイだったかもしれないな」

「あ、見て見て！　このUFO、アダムスキー型って言うんですよね」

光一以外の者たちは個人的な興味に引きずられ、手がかりを探す意識が完全に薄らいでいる。

「おい、守屋さんが遺したかもしれない手がかりだ。なんでもいい。守屋さんにつながるものを探してくれないか」。するとミサエが言い返してきた。「なんだい、なんだい。光一さんよ。かもしれないだって？　かもしれない、なんて頼りないことでこんなとこまで来たのかい？　手がかりが見つからなかったらどうするんだい？」「いやミサエ、すまん。かもしれないではない。必ずこの場所に、この千貫森に手がかりがあるはずだ」「そう。それでいい。探しものなんて、あるって信じて探さなきゃ見つかるもんも見つかりゃしないんだ」

「光一さん。オレ、念のため展望台見てきます」と言うやいなや小太郎が駆け出していく。「おい。外は雨だから受付で傘借りていけ」「じゃオレは本棚見てきます」「あ、私も」。それぞれスイッチが入ったように手がかり探しに本腰を入れ始めた。光一とミサエは受付の奥にある職員事務所を訪ねて話を聞くことにした。しかし所長はあいにく所用で不在だと言う。アルバイトらしい若い女の子に尋ねてもとんちんかんな受け答えで埒があかない。「ふん。近頃の若い子ときたら。話も通じやしないよ。宇宙人じゃないのかね、まったく」「いや。あの子からしたらオレたちのほうが宇宙人に見えるのかもしれないぞ」「冗談じゃないよ。こちとら何十年も前からこの地球で生きてるんだ。こちとら筋金入りの地球人なんだからね」

「おいおい。そんなことで張り合うなよ」

光一とミサエは展示室に戻り手がかりを探すことにした。

「手当たり次第」ではあまりにも心許ない。何かしら目星をつけて探さなければ。光一は考えた。あの守屋さんが残して行きそうな場所。あの守屋さんが好みそうな場所。

「光一さん！　ちょっと来てください」

本棚を捜索していた琴音と啓二が声を揃えて光一を呼んだ。ミサエとともに光一は声の聞こえたほうへ駆けつけると二人は本棚の上のほうを見上げている。

「ほら、あそこ」

指差したほうへ目をやると、古びた本に埋もれるように1冊だけ新しそうな本が挟まっていた。背表紙の文字が縦に半分ほど隠れている。おまけに最上段の棚が高いせいで背表紙の下方の著者名が読み取れない。

「なんていう……タイトル……だ」

目を凝らしてよく見ると
「わがし」

「ひとすじ……せい」

「すい……き」

「えー、ＵＦＯの本棚に和菓子の本？」

「おい、脚立借りてきてくれ」

1冊の真新しい本を手にして光一はいつになく胸が踊っていた。

『守屋龍心著、和菓子ひと筋盛衰記』。間違いない。亡くなった守屋さんがここに痕跡を残したことはこれで疑う余地がなくなった。必ずこの本の中に次に向かうべき場所が示されているはずだ。しかもここに示されたポイントが最終目的地である可能性が高い。早くページをめくりたい衝動を抑えつつ、先ほどの物産館の食堂に移動する事にした。

誰もいないガランとした食堂の窓際の一角に陣取ると、光一は静かにページを繰り始めた。最初の十数ページは特に変わった挟み込みや書き込み等はない。なにも見落としてはいけないと慎重にページをめくっていく。すると36ページに最初の書き込みを見つけた。「誰か書きとめてくれ」。そう言われて啓二はスマホを取り出すとメモアプリに最初の文字を打ち込んだ。その後、次々と書き込みが見つかる。「文章や文脈とは無縁のようだな」。光一は心の中で呟いた。「文字にフォーカスしている。アナグラムか」。それは不規則に気紛れに一文字一文字をマルで囲んでいる書き込みだった。ひらがなもあればカタカナもある。時に数字が添えられた文字もある。最後のページまでチェックし終えると、数にして13の文字が浮かびあがった。

メモアプリに残した文字を琴音が持っていた手帳に写し取る。その紙を手帳から破り取ってテーブルに置いた。

おうのはかとうるしあたみに

ミサエが覗き込んでその文字配列を読み上げた。

「なになに、王の墓と？　漆が？　熱海に？」

「なんだいヘンテコな文章だね。で、次の行き先は熱海なのかい？」

その問いに対する明快な解答を期待する視線が光一に集まる。

「これはアナグラムだ」

光一はやや間を置いてからポツリと答えた。

「穴蔵だって？　もう穴蔵はまっぴらごめんだよ」

「いや、穴蔵じゃない。アナグラムだ。アナグラムとは言葉の綴りの順番を変えて別の語や文を作る言葉遊びだ。たとえば仮面ライダーが『ラーメン買いだ』や『課題ラーメン』になったり。三浦知良（かずよし）が『叱らず見よう』になったり」

「へー、アナグラム面白そうじゃないですか。じゃこの文章も文字を組み替えれば別の意味になるのね。えーっと」

「ああ、たぶんな。みんな考えてくれ。この文字の中に隠されているはずだ、次の目的地が」


「あ、近江とか青海ってどうですか」

「あるかもな」

「あ、小樽」

「博多とか」

「明石」

「ずいぶん出るな」

「ところでこの数字はなんなんですかね。見るところ『お』の文字に①、『と』の文字に⑧、『に』の文字に13がついてる」

「文字数は全部で13。たぶん文字の並びの順序だろう。『お』が先頭で『と』が8番目、『に』が最後の13番目。そのように指定することで正解を一つに絞り込みたかったんだろう」

「なるほど。正解がいくつもあったら大変だ」

「琴音、そのメモ帳貸してくれ」

光一はそういうやいなやメモ帳から紙を破り取ると、1枚に1文字ずつ問題の文字を書いてテーブルに並べていった。

「最初が『お』最後が『に』。そして8番目の文字が『と』。さあ、残りの10文字をどう配置するかだ」

「わー、むずかしいわ」

「あたしはこういうのイライラしてくるからダメ。あんたに任す。ちょっとこれしてくる」。ミサエはキセルを吸うポーズでそう言いながら早々と退散。光一はそれを尻目に深く思考の迷宮の中に分け入っていくのだった。

最初、ページ順にめくって単純に並べたものが【おうのはかとうるしあたみに】だった。なるほど何かしらの意味性を感じさせる文言ではある。しかし「と」の文字を8番目に置くという条件があるのだとすればこれは正解ではなくなる。

ばらばらになった音の欠片たち。それを組み合わせることで意味のあるコトバに昇華させる。浮かび上がってはまた沈んでいく。おうみ、はかた、あかし、みたか、おたる。我々が探しているのは場所を示すコトバだ。

「わかった！　これは生かしてと。これは？」

琴音が興奮気味に文字を並び変えてみせる。

おうのはかしたとみあるうに

「意味はどうなる？」

「うーん。王さまのお墓の下に宝物がある……ウニ」

「最後のウニってなんだ？」

「好きなネタ。うーん。違うか～」

「ちょっといいっすか」。今度は啓二が並べ始める。

おうたうみしのとあるはかに

「大田海市のとある墓に」

「大田海市ってどこだ？」

「さあ。わかりません」

「いかにもそれらしいが違うようだな」

「あ、これは？」と今度は琴音。

おたるのうみはとあかうしに

「赤牛か〜」

「違いますかね〜。赤牛」

「赤牛はいいんだが『うみはと』が意味不明だな」と啓二が横やりを入れる。

横やりを入れながら啓二が無意識に並べかえ始める。

おはかあるしたとうのうみに

「お墓ある下、とうの海に。なんてどうかな？」

このあたりでようやく光一の頭の中にある光景が浮かんできていた。

「みんないい線まできてる。あともう1歩、もう1歩なんだよ」

光一は目を閉じて呪文のように唱え始めた。

「とうの海……とうの海……」

と、そのときだ。琴音が光一の思考をコトバに変えた。

「海は、海じゃなくて湖？」

「そう。とうの海ではなく『とはの湖』ではどうだ？」

『『とはの湖』って永遠の湖ってこと？　永遠の愛を誓う湖なんてすごくロマンチックな名前だけど。そんな湖あったかしら」

「十和田湖だ。間違いない！」

「えっ！　十和田湖」

「十和田湖には数々の不思議な伝説が残されている。よし、仮に『とはのうみ』を置いてみよう」

「えーと、残るワードは……」

「『あしかに』と『おたるぅ』です」

光一は腕組みをして首をかしげていた。何かを思い浮かべるときの得意なポーズだ。ややあって腕組みを解くと口を開いた。「とはの湖には何があるのか。それは証だ。では何の。それはこの地球を統治するものの証だ」

「地球を統治する？」

「そう。その昔日本の天皇は空飛ぶ船に乗って、地球を巡回しながら平和のうちに統治していた。『竹内文書』にはそう書いてある。つまりだ。このアナグラムは『おうたるあかしとはのうみに』意外に考えられない」

「さっすがー！」

「目指すは十和田湖。ゴールは近いですね」

「ちょ、ちょっと待ってください」。守屋氏の本をパラパラめくっていた啓二が巻末に書かれていた直筆のサインを指差して言った。

「これって何か意味があるんですかね」

あの世道　もどりてまたも　ふりだしに
たまを磨くは　わが志なり

光一は声に出して、龍心氏が書き残したと思われる短歌を読み上げた。

「ふりだし、ふりだし……」

そうつぶやいたかと思うと、静かに、しかし決然とした口調で言った。

「わかった。ふりだしに戻るぞ！」

「えっふりだしって？」と琴音が聞く。

「守屋邸だよ」

「どうやって？」

「『あのよみち』で」

「えっ、もうやり方わかったんですか？」と今度は啓二。

「ああ、なんとなくな。さあ、戻るぞ！」

第九章

「私はもう金輪際ごめんだからね、あんな穴蔵」

「じゃぁ、一人だけ置いてくれればよかったか」

「そんな言い草はないだろ。そもそもこんなトラブルに巻き込んだのはあんたじゃないか」

先ほどから光一とミサエの言い合いが続いている。しかし琴音も啓二も小太郎も慣れっこだ。

「シッ！　静かに」

光一のひと言に緊張が走る。ミサエの不満は相変わらずくすぶっているが、ここはひとまず鉾を納めることにした。

追われている身となると、どこで張り込まれているかわからない。どこまで追跡の手が伸びているのか。おそらく自宅はもちろんのこと、広尾の仕事場にも手が回っていると見ていい。となれば光一の得意先リストにこの守屋邸が入っている可能性は少なからずあるはずだ。いまは人気もなく静まり返っているとは言え、１分後にはどうなっているかわからない。

すっかり日が落ちてあたりが暗くなったころ、正面玄関を回り込み塀伝いをしばらく行った勝手口にたどり着くと、若社長から教えられた暗証番号でセキュリティを外し足早に足を踏み入れた。

主のいない屋敷は、灯りも消えひっそりと静まり返っている。以前訪問したときにはいたお手伝いさんも今日は不在のようだ。

「なかなかしっかりしたつくりのお屋敷じゃないか」。ミサエがなぜか小声で言う。

「うふふ、ミサエさん、どうして小声なんですか。可笑しい」と琴音が茶化す。

光一を先頭に屋敷の中央を貫く長い廊下を1列になって進む。

広漠（こうばく）とした屋敷の中、エントランスにも廊下にも凝った作りの照明が灯り、明々（めいめい）と照らし出しているにもかかわらず、どこか寒々しい。先頭の光一がようやく書斎の扉にたどり着くと後に続く者たちがそこに集結した。

「ここだ。ここが問題の書斎だ」

光一はそう言うと静かにノブを回しその扉を開けた。

この屋敷の主であった守屋龍心氏、その龍心氏自らが図面を引き、こだわりにこだわり抜いて作り上げた自分の書斎でまさか自らの命を絶たれてしまうとは。さすがの龍心氏もそんな衝撃的な人生の設計図を描いてはいなかったに違いない。

一行は、書斎の内部を目の当たりにしたとき一斉に感嘆の声を上げた。

「すっご～い！　いったい何冊くらいあるのかしら？」

まず琴音がその蔵書の数に感嘆する。

「千冊、2千冊？」

「あんた何言ってんの！　そんなレベルじゃないよ。万だよ！　万！　1万冊、2万冊の世界だよ！」

そこへ光一が割って入る。

「大事なのは数じゃない。中身、内容だよ。コンテンツが肝心なんだ」

光一はひと呼吸置いてさらに続けた。

「読むに値しない中身のない本を何万冊集めたところで何の役にも立ちはしない。ここに集められた1冊1冊はそれぞれにかけがえのない価値のあるものばかり。人類誕生の目的、真実の地球史、宇宙創生の真相。誰が何のためにこの宇宙を創り、人類を誕生させ現在にいたっているのか。そしてこの宇宙の構造は、どのような仕組みになっているのか。森羅万象あらゆる疑問、問いかけへの解がこの空間に存在しているんだ」

声のトーンが少し大きい。この書斎に入ったとき体内のアドレナリンが迸る(ほとばし)るのを意識の片隅で感じていた。圧倒的な蔵書数。それもそのほとんどが真理、真実を語っている。「ある意味、ここは

『リトルアカシックレコード』(小さな宇宙図書館)だな」

気持ちの中でそう感じていた。


「ユカ、そこにいるんだろ?」

光一は声のトーンに気を配りながら、そう言って、耳をそばだてた。

「こ、光一さん……」

光一は無言のまま手振りで琴音のコトバを遮り、指先で琴音の視線を誘導した。ミサエたちの視線もそれに従った。

「今日は友だちを連れてきたんだ」

シーンと静まり返ったままだ。

「ねえ、ユカ、出てきてくれないかな」

光一は、自分の中でもっともソフトな口調で、見えない相手に語りかけた。

相変わらず返答はない。ふたたび静寂が空間を支配する。


すると、ややあって……

棚の上段、白くて分厚いクリアファイルが並んだあたりで物音がしたかと思うと身長20センチほどの少女が顔を覗かせた。光一以外の一同は、口を半開きにしたままコトバを見失っていた。

「気安く呼ばないでよね」

その小さな少女は、自分の服についたほこりを払いながらさらに続けた。

「ほら、その反応、嫌なんだよなあ。なんだかもののけでも見たようなその反応。私はもののけでも、お化けでもない、れっきとした、れっきとした、うーん、なんてゆーか、うーん……」

「龍君の好奇心だろ」

「そう、それなんだからね」

「ところで、ユカ。今日はどうしてそんなカッコしているんだい」

よく見ると前回のいかにも少女らしいフリルやレースをあしらったスカートスタイルとは打って変わり、カーキ色のつなぎにモスグリーンのスカーフ、それにヘルメットの上にゴーグルを装着している。

「どうしたんだい、そのカッコ」

「ああ、あなた龍君から何も聞いてないの」

「ああ、何も聞いてない。自分も会いたかったんだけど、お会いする前に亡くなっちゃったから」

光一の〝亡くなった〟というコトバで一瞬しんみりした空気が流れたが、すぐに気を取り直して、

「いつまでももたもたしてないで。さぁ、出発するわよ」

「出発ってどこへ」

「あなた龍君から聞いてないの」

「だからお会いする前に……」

少女は光一のコトバを遮るようにたたみかける。

「なにも？」

「なにも」

「もしかして龍星号のことも？」

「龍星号？　なんだい、それ？」

「ダメだわ。話にならない。じゃあ、動かし方も飛ばし方もまるでわからないわけね」

「動かし方？　飛ばし方？」


少女は「まったく！」と「呆れたわ！」の二つのコトバをたった一つのポーズと表情で見事に表現してみせた。

「だからってここでいつまでもモタモタしていられないわ。みんなで力を合わせてこれを動かすのよ！　でないと血に飢えた連中がここを嗅ぎつけてくるわ！」

小さな小さな少女がとても頼もしく見えた。光一には少女がなにを言わんとしているのかがぼんやりとではあるが理解できた。しかし他の者たち、特にミサエにいたってはなにがなにやら皆目見当がつかないのだろう。未だかつて見たこともないサイズの少女に急き立てられただオロオロするばかりだ。光一はこの状況を見てできるだけ穏やかな口調で少女に語りかけた。「ねぇ、ユカ。お願いだ。最初から説明してくれないか。オレたちはなにもわかっていないし、なにも知らされていないんだ」

腕を上のほうで組んでふくれっ面をしていた少女は、大きくため息をつくと少し拗ねたような口調で話し始めた。「龍君は、ついに見つけたの。ずっと探していたものを」「それはだいたい察しがついてる」

「あら、そう。じゃ言ってみて」

光一はひと呼吸置いてから口を開いた。

「それは『王の証』だろ」

「ズルい！　それじゃ答えになってないわ。それが何かが肝心なの」。少女は少し気落ちした表情を見せたがすぐさま気を取り直してさらに続けた。

「ここで議論してる余裕はないわ、先を急ぎましょ」「さあ、みんな。なにをぼんやりしてるの！全員持ち場に着くのよ！」「持ち場って。あのね、お嬢ちゃん、さっきから黙って聞いてりゃあ。あんた何様だい？　それに、なんだって？　持ち場って言われても。何をどうしろってんだい？」「おばさん、1度しか言わないからよく聞いて」「なんだいなんだい、偉そうに」「いい？　よく聞いて。操縦するのよ、この書斎を」

「操縦？　書斎を？」。操縦も書斎も比較的よく使うコトバだ。しかしこの二つの組み合わせとなると文字やコトバの組み合わせを生業にしている光一でさえ聞いたことがない。突拍子もない少女のコトバに最初に反応したのは琴音だった。

「オッケー！　ユカ隊長。わかったわ。この書斎をここにいるみんなで操縦するのね……走る？　転がる？　それじゃつまんないな。もしかして……飛ぶ？」「まぁ、飛ぶでほぼ正解。より正しく言うとワープなんだけど。でもまぁいいわ。あなた、案外呑み込みが早いじゃない」

「よし。やってみようじゃないか」。ミサエもやる気だ。「いい？　みんな聞いて。いちばん大事なのは一つになることなの」

「一つになること？」

「だってみんなが違うとこ行きたいって思ったら乗りものはどうしていいかわからなくなるでしょ？」「なるほど～」。啓二は妙に納得している。

ユカは本棚のある部分に隠されているスイッチに手を触れ、その一つをオンにすると人数分のリクライニングチェアと操縦するためのコンソールらしき円形状のテーブルが出現した。「全員持ち場についいて！」

光一はこの時点でやっと見えてきた。

「そうか！　そうなんだ！」

ここにいる全員がまずマカバ瞑想してそれぞれのマカバフィールドを創り上げる。出来上がったらそれを何らかの形で合体させるのだろう。

マカバー、またの名を「メルカバー」。

「神々の戦車」と訳されるこの乗り物は、かつてはたった一人のイマジネーションで創り上げられていた。そしてその乗り物に乗ってどこでも自由に移動することができた。しかしそれは同じ次元での話。次元を飛び越える、あるいは裏宇宙へ移行する場合には単体でのマカバーではエネルギーが足りず、やはりそれなりの人数が一つになってより強力なマカバーを作りださねばならないようだ。

「はい！　集中！　集中！」

声の主はユカだ。ユカの指示通りこの書斎を操縦しなければならない。光一は周りを見渡した。琴音はもとよりミサエも啓二も小太郎も誰もが真剣に見よう見まねでマカバ瞑想を続けている。光一も遅ればせながら瞑想に入った。

どれくらいの時が経過しただろう。5分か、あるいは10分。ふたたびユカの声が全員の耳の奥に響いた。「目指すは十和田、十和田湖よ！　みんな思考して！　場所がわからなければ手を上げて！」

啓二と小太郎は十和田湖のイメージや場所が曖昧なため仕方なく手を上げた。するとユカから十和田湖のイメージ画像と位置情報が即座に脳内に送られてきた。ほどなく光一を始めとする5名分のマカバフィールドが合体したエネルギーが書斎の内部を満たす。

「さぁ！　行くわよ。発進！」

ユカの気合いの入った掛け声とともに書斎の内部の棚が互い違いに回転を始め、机の上にあった紙が宙を舞い、書斎全体が少し浮上したような感覚を覚えた。エンジン音はおろか、高圧電流や電磁波、その他思いつく限りの動力源の音さえも聞こえない。書斎は音もなく浮上し、空中でしばし静止したかと思うと一瞬にして消え去った。少なくとも書斎にいた光一たちはそんな感覚を体験した。それは、まるでデジタル化された画像の「書斎」のレイヤーを消去したようなあっけなさであり、本物と見分けがつかないほどのリアルな風景を描いた巨大なカーテンのその隙間に紛れ込んでしまったような消え去り方だった。

第十章

「キー、キキーーー！　ギー、ギー！」。静まり返る北国の澄んだ空気を切り裂く鋭い鳴き声。たぶん猛禽類の類いだろう。いまだかつて見たことのない物体の出現を仲間に知らせたに違いない。

空飛ぶ書斎は、十和田湖のほぼ中央、湖面から15メートルほどの空中に、いきなり現れた。湖面を漂う春霞。十和田はいまだ春浅く、見渡してみれば雪がそこかしこに残り未だ寒々しい景色を醸し出していた。しかし雪の下では、樹木や草花、鳥類を始めとする生き物たちの春の準備は着実に進められていた。

「さぁ、ここで乗り換えよ」。ユカは通学バスに乗り換えるようなニュアンスで事もなげに言った。東京は上野の守屋邸から十和田湖までいったいどれだけの時間を要しただろう。光一は思わず自分の腕時計を見た。アナログな時計ではとても計測不能だ。

「ねぇ、お嬢ちゃん、乗り換えのバスはどこなんだい？」。ミサエは小窓から外の様子を窺いながらユカに尋ねた。

「このあたりの精霊さんがお守りしていてくれたのよ」

「精霊さんがバスを運転してくれるのかい？」

「まぁそんなようなものね。ちょっと待ってて」

ユカは、そう言ってから目を閉じなにかと交信を始めたようだった。ほどなくして目を開けるとひと言だけ、しかしはっきりと言った。

「もうすぐよ！」

ユカが話すことから推理して見ると、精霊が運んでくるのはたぶんなんらかの乗り物だ。そしてその乗り物は、ここまで乗ってきた書斎型の乗り物より大きいのだろう。はたしてそれが守屋氏が暗号メッセージに書き残した『王たる証』なのだろうか。

と、そのときだ。浮遊している書斎がぐらぐらと揺れ始めた。「ほらそこ！　余計なこと考えない！　集中して！」。小さな少女に怒られる光一を見て、琴音を始め啓二や小太郎までもがクスッと笑った。

「さすがの光一さんもユカさんには形無しですね」。琴音のコトバに一同は心の中で深くうなずいた。

「十和田湖で異常事態発生の模様」

この一報が榊原の耳に届いたのは、北へ向かう新幹線の中だった。独自のホットライン、それはある特殊機関からの情報であり、この時点ではまだ警察関係にもマスメディアにも伝わっていない。榊原の耳の奥に仕込まれた特殊な超小型の通信機がもたらしたものだ。王立歴史問題研究所、通称「グレージュハウス」のメンバー、それも幹部クラスにしか渡されていないツールだ。いまこの時点で十和田湖での異常事態を知り得るのは、国内では第一発見者と地元の駐在所の警察官、そして榊原他数名ぐらいなものだろう。

慌ててデッキに出た榊原は、周囲に人がいないのを確認してスマホから電話をかけた。

「いったい何が起こっているんだ」

「十和田湖の上空に筒状の物体が浮かんでいるようです」

「第一発見者は？」

「犬の散歩をしていた地元の老人です」

「おまえたちはいったい何をしていたんだ」

「懸命に探していたのですが」

「全員十和田湖に向かわせろ！　おれも向かう」

しかしどうやって？　あれだけ烏合の奴らを張りつかせていたのに。あのジジイの動きにも翻弄され。我々は甘く見過ぎていたのかも知れんな。榊原は、悔しそうに唇をかんだ。

第一発見者の老人があたふたと腰を抜かさんばかりに戻ってきたため、近隣の村では大騒ぎになっていた。地元のテレビ局や新聞社が聞きつけて現場に向かう。十和田湖はまだ早朝だと言うのに続々と人が集まってきていた。駐在所の警官、地元の消防団、そして野次馬。みんな、どうしていいかわからずおろおろするばかり。スマホやタブレットで写真や動画を撮り、ＳＮＳにアップする若者たち。駐在所の警官が異常事態を確認し県警本部に連絡をする。そこから一気にニュースが広がっていった。マスメディアが、警察関係者が、十和田湖畔に続々と集結する。新聞社やテレビ局がチャーターしたヘリコプターだろうか、先ほどから数機が旋回とホバリングを繰り返している。周囲の大騒ぎをよそに光一たちを乗せた書斎は相変わらず静止したままだ。

琴音が書斎に備えつけのテレビモニターのリモコンを見つけて電源をオンにした。チャンネルを変えてみるものの、どの局も前代未聞の出来事を伝えるべく特別報道番組に切り替えそれぞれ最新の状況を伝えていた。

「どのチャンネルも謎の飛行物体のことで持ち切りだわ」「撃ち落とされませんかね」。啓二が不安を口にする。

「そんなに無闇には攻撃してこないはずだ。敵なのか味方なのか、まずはそれを確認してくるだろう」

「なんだか不思議な気分。私たちのことがニュースになっていて、それをリアルタイムで見ているなんて」

「いま気づいたんだけどどこんな瞬間を心のどこかで待っていたような気がするんだよ」。ミサエの発言に一同は深くうなずいた。

「さぁ、合体するわよ。みんなもう一段パワーを上げて」

テレビのモニターが湖面の変化を映し出している。湖の中央部、書斎が浮かんでいるあたりの湖面がにわかに盛り上がったかと思うと、そこから津波のような波が起き、同心円状に広がっていく。それを見た警察や消防はスピーカーでかなり立てる。「湖から離れてください。危険です。湖から離れて」

「逃げて。逃げてください」

波や水が溢れ出し、十和田湖周回道路にまで届き、引き波がそこを走る何台かの車両を湖の中へと引き込んでいった。

「逃げろー！　逃げるんだ」

怒号が飛び交う中、野次馬たちは右往左往する。人と人がぶつかり合う。女性や子どもたちは泣き叫ぶ。散り散りバラバラに逃げ惑う人々が湖のほうへ振り返り目にしたものは、湖に生息する魚たちを跳ね上げながらゆっくりと浮上する巨大な黒い塊だった。

「なんじゃ〜」

「たたりでねぇべか」

コトバにならないコトバ。

怒号と悲鳴、湖に向かってひれ伏す老婆。ノアの方舟じゃないのか、などと話し合う中年夫婦。テレビのドッキリなのでは、などと訝る若者たち。

近隣のお年寄りたちの多くは、そんな光景を目の当たりにして、へなへなとその場に崩れ落ちてしまう。それはそうだ、地元民にしてみれば、先祖代々慣れ親しんできた十和田湖、その湖底にこれほどまでに巨大な物体が眠っていようとは夢にも思わなかったはず。それでも十和田湖には、遥か昔からさまざまな伝説が残されてきた。その代表的なものが「湖底に眠るピラミッド伝説」だ。洞窟のキリスト像、近くにはキリストの墓もあり、海外からの研究者や観光客が多く訪れている場所だ。そもそも十和田という名前に、光一はかねてより興味を抱いていた。十和田の「十」と「田」の中の「十」。二つの「十」が使われていること、さらには十和田の十和は「永遠」をも意味する。

しかしピラミッドどころか、こんなにも巨大な物体が眠っているとは、誰が予想できただろうか。

あれがオリハルコンなのか。光一はその巨大な物体をカタチづくっている素材について思いを巡らせていた。古代の乗り物はことごとく、このオリハルコンで作られているという。可塑性に富み、軽量で自由自在に伸縮する。

「違うわ！　龍君は『ヒヒイロカネ』だって言っていたわ」

ユカが光一の思考に割り込んできた。

「ユカ、ヒヒイロカネとオリハルコンは同じ意味なんだ。簡単に言うとヒヒイロカネは日本語でオリハルコンは外来語」「ふーん、そうなんだ」


湖底から浮上してきた黒い塊は、下から書斎を抱き抱えるように中央部の窪みにはめ込むと若干のサイズ合わせをするように書斎との隙間を埋めていく。書斎と合体すると塊はさらに体積を増大させ、同時に表面の色彩を変えていく。湖底に眠っていたときは比較的小さかったのにここまで巨大化するとは。誰もがそう感じていた。

「さぁ、準備完了よ！　みんなどこへ行きたい」

「ハイ、ハイ！」と琴音。するとユカが応じる。

「はい、あなた」。名指しされ琴音は答えた。

「ヒミコさんに会いたいです」

「ひと口にヒミコと言っても、ヒミコはいろんな時代、いろんな場所に存在しているの。もう少し絞り込まないと」

「うーん。じゃ金髪で碧眼だったころのヒミコさんに」

「わかったわ。とりあえず入力してみるわね」


そのころ榊原栄達（えいたつ）は、群集に紛れ、十和田湖のほとりから巨大な飛行物体をなすすべもなく呆然と見ていた。書斎が吸い込まれていく様を見ながら自らを悔いていた。我々が探し求めていたものがこんなにも巨大でこんなに意外なものであったとは。想像の埒外（らちがい）に置かれていたために見つけることができなかったのか。王の証とは、日本の三種の神器、ヘブライの聖櫃のようなものだとばかり考えていた。よもやこれほど巨大なものだったとは。

榊原は、我に返るとポケットからスマホを取り出し電話をかけようとしたが回線が混み合っているのか何度リダイアルしてもつながらない。

「まったく。ケイタイまでつながらんとは。どいつもこいつも！」


湖の水は1度溢れ出たが、またもとに戻ろうとしていた。すると、ふたたび人々は湖に近づく。さらに野次馬は増えていき十和田湖畔全体を埋め尽くすほどの人出となった。青森県警と秋田県警の合同対策本部が秋田県警側に置かれ、急遽警察庁長官がヘリで秋田へ向かう。首相官邸では、各大臣が集められ、緊急閣議が始められようとしていた。初動の遅いことで有名な日本の政府はこの日も対応が遅れていた。何をするにしても、駐留米軍にまずはお伺いを立てなければならない。そのプロセスを踏むから当然対応が遅れてしまうのだ。

防衛大臣は言う。

「三沢基地よりスクランブル発進。米軍の偵察機がいま十和田湖へ向かっています」

その報告を受けて首相の郷田は図らずも言った。「さすがにいきなりドンパチはないだろう。しばらくは様子見。静観の構えだな。林さん自衛隊のほうは？」「はい。米軍からの指示待ちです」

「お嬢ちゃん、外は野次馬やら警察やらパトカーやら消防車やらが集まってエラいことになってるけど早くここから移動しないとやられちゃうんじゃないのかい？」

ミサエがみんなの気持ちを代弁するかのように発言した。するとユカは「みんな！　もう少しだけ思考エネルギーのパワーを上げて」。ユカのひと声により浮遊する巨塊は、変化を始めた。その変化をいち早く捉えたのは地元テレビ局のディレクターだった。

「おい！　見ろ。表面の色が変わっていく。カメラ、全体を映せ。そこからズームアップだ。篠田レポートしろ」。ヘリの機内で矢継ぎ早に指示を出す。

地上では、時々刻々と変化していく巨大な塊にその都度どよめいていた。無理もない。当初湖底から浮き上がってきたときには、泥の塊にしか見えない色調だったものが、見る見るうちにその質量を増大させながら色彩豊かになっていく。まるで色とりどりの十二単衣の上に中が透けて見える紗の羽衣を纏ったような。ゼラチン質の甘やかな素材に包まれた和菓子のような。それは明らかに他国の意匠とは異なるこの国ならではの意匠と色彩だ。

「この形とこの色彩どこか見覚えが……」。書斎のモニターで外の様子を見ていた光一がひとり言めかしてつぶやくと、琴音がつぶさに応えた。「ほら、鶴亀堂の若社長さんが試作品だと言って持ってきてくれた」

「あー、思い出した。ミサエがほとんど全部食ったやつだな」

「それをいまさら言うなんて。食べ物の怨みはほんに恐ろしいものよのう」

ミサエは時代がかった言い回しで茶化す。

「別に恨んではいないよ。ただ、少し呆れただけだ」。光一はそれに呼応して返す。そしてさらに続けた。

「それにしてもだ。先代の守屋さんはこの舟をなんとか再現して売り出そうと試作を繰り返していたんだな。さすが社長だけあって、商魂たくましいわい」

「いや、ミサエ。そういう見方も確かにある。しかしオレはそうじゃないと思うんだ。試作していた和菓子はこれで儲けようとか、欲に絡んだことではないだろう。むしろこうした飛行物体に慣れさせる、親しみを覚えさせる狙いがあったんじゃないかな」

「ふーん、そうかい。しかし何のためにそんなことを」

「驚きすぎて卒倒してしまうお年寄りを少しでも減らすためだ」

群衆はさらに大群衆へと膨れ上がっていく。榊原はこの大群衆の中でもみくちゃにされ身も心も憔悴し切っていた。カオスの中では、肩書など通用しない。「おれは文部事務次官だ」などと叫んだところで誰が信用しよう。そんなこと、誰も聞く耳を持たないし、そもそもなぜ文部事務次官がここにいるのか。場違いも甚だしくなぜここにいるのかと疑われてしまうのがオチだ。

榊原は身をよじらせ人と人の間を縫って、比較的人気のまばらな林の中へ行きついた。ひとまず落ち着こう。1度2度と深く息を吸う。何とか平静を取り戻すとふたたび榊原の頭脳が動き出す。まずこの群衆の中では烏合衆を使った武力攻撃は不可能だろう。だとするならネゴシエーションだ。なんとか当局の責任者に話をつけて、ネゴシエーターになり、葛城光一と話をつける。そしてどうにか説得し、あの船の船内に入り込むことだ。榊原は頭の中でそう結論づけた。

ここにきてようやく、県警による警備体制が整い、規制線が張られ、大群衆は秩序を取り戻し始めた。榊原は近くにいた警官に自らの身分や宙に浮かぶ物体に乗っているであろう人物、その人物をよく知っていること、これからその人物と話をして投降するように勧めたい旨を手短に話し、それを本部に伝えてくれるように頼んだ。警官は警察無線でその旨を伝えると、本部に連れてくるようにと言われた。

「榊原です」

多少居丈高な自己紹介に県警幹部は少し鼻白んだが名刺の肩書きを見て驚いた。「事務次官といえば事務方のトップ。そんな方がなぜここに」「事情は後で話すから、とにかく警察の回線をお貸りしたい」。若い警官に促され自分のスマホを渡す。すると警察回線のケーブルにコネクトされふたたび手渡された。葛城光一を呼び出す。3度目のコールであっけなくつながった。

「光一君、私だ、榊原です」。しかし返事はない。榊原はさらに畳みかけた。「光一君、そこにいるのは葛城光一君だね。聞こえていたら返事をしてくれないか」

そのコトバに続く沈黙。それからやや間をおいていきなり話しかけてきた。

「榊原さん、我々はもう行かなければなりません」

「いったいどこへ行くつもりだね」

「いろいろな歴史的な事実を確かめにです」

「それにしてもよく見つけたね」

「我々はただ守屋さんの導くままに動いただけです」

「守屋さんとは」

「市井の歴史研究家です。つい先日何者かによって殺されました。それに守屋さんの同好の士である鹿児島の熊毛さんも。榊原さん、この二人の殺害を指示したのはあなたじゃないんですか」

「き、君！　なにを言っているんだ。根も葉もないことを！」

「私に対するハニートラップも大学教授の来訪も、榊原さん、あなたの指図じゃないんですか」

「なにをバカな！　私には君が何を言っているのかわからない」

「もういいです。行かなくちゃ。失礼します」

そのやりとりを聞いていた県警幹部は眉を顰め部下に裏を取るように指示した。榊原の顔からは血の気が引き明らかに表情に余裕がなくなっていた。


「なあ、みんなあの短歌覚えてるか。見事に彼の心情とオレたちへのメッセージをかけていたな」

「えっ？　守屋さんの本の？」

「ああ、ミサエは」

「えっ、なんの話だい」

「あの世道　もどりてまたも　ふりだしに
たまを磨くは　わが志なり」

「その歌が何か」

「『わが志なり』と『和菓子なり』だよ」「あーっ!そうか」

「老舗の和菓子屋の社長ならではの歌だと思わないか」

「はい! おしゃべりはそこまで。みんな集中して。パワー全開! 行くわよ。発進!」

群衆はふたたびどよめいた。十和田湖大はあろうかという巨大な機体が一瞬で遠ざかり小さくなったからだ。機体は見る見るうちに光の点になりそこから斜め左にゆっくりと移動したかと思うと忽然と消え去った。


「このおれを誰だと思っているんだ」

「榊原さん、落ち着いてください。これは取り調べではないんです。少しお話を聞くだけですので。そこへお座りください。何か飲まれますか? コーヒー? それとも日本茶?」「じゃぁコーヒーを。ブラックでけっこう」

「しかし驚きましたなぁ。前代未聞だ。あの十和田湖からあんなものが出てくるとは。外国のメディアも大勢取材に来ていたから、ニュースは世界を駆け巡るでしょうなぁ……」「……」

「ところであの乗り物に乗っていたとみられる葛城光一なる人物とあなたは知り合いのようだがいったいどういう関係なのですか」。その質問にも上の空でなにか呟いている。


「あんなに大きな……迂闊だった……『竹内文書』、あれが天空浮舟なのか、あれが、王たる証……なのか……オレとしたことが……」


「榊原さん。大丈夫ですか。しっかりしてください」

しかし、榊原は放心状態のままだ。

と、そのときから榊原の身体の中では、明らかな異常が始まっていた。耳の奥に埋め込まれたイヤホンにメッセージが入る。「mission failed! good bye! Mr. Sakakibara」

するとそのすぐ後、間髪を入れず「Ｂｏｍ！」というくぐもった破裂音が部屋に響いた。何事かと担当刑事が榊原の顔を覗き込むと、彼の両目が飛び出している。鼻や両耳、そして口からも鮮血が吹き出し始めた。

「おーい、誰か。救急車だ！　救急車を呼べ！」

完

◉「シウカラ」参考文献

超図解 縄文日本の宇宙文字――神代文字でめざせ世紀の大発見！（超知ライブラリー） 高橋良典 監修 日本探検協会 著 徳間書店 1995年
太古、日本の王が世界を治めた ロスチャイルド家が最後に狙うは《古代神代文字》 高橋 良典＋日本学術探検協会 著 ヒカルランド；復刻版 2021年
縄文宇宙文明の謎――太古日本の世界王朝と超古代核戦争の真相（ラクダ・ブックス）新書 高橋良典 著 日本文芸社 1995年
超古代世界王朝の謎――『契丹古伝』が明かす「原・日本人カラ族」の世界王朝に迫る！（ラクダブックス） 高橋良典 著 日本文芸社 1994年
北倭記要義――倭人興亡史 鹿島昇 著 新国民社 1987年
桓檀古記――大韓民族史 鹿島 昇 翻訳 大韓民国在郷軍人会日本支会 1982年
日本神道の謎――古事記と旧約聖書が示すもの（カッパ・ブックス） 鹿島昇 著 光文社 1985年
未来の記憶 エーリッヒ・フォン・デニケン 著 松谷 健二 翻訳 角川書店 1997年
人類を創った神々 エーリッヒ フォン・デニケン 著 金森 誠也 翻訳 角川書店 1997年
卑弥呼は金髪で青い目の女王だった（ロング新書） 加治木 義博 著 ロングセラーズ 2019年
篤姫を生んだ鹿児島こそスメル八千年帝国の理想郷だった（真説日本史） 加治木 義博 著 ロングセラーズ 2009年
真説日本誕生・黄金の女王卑弥呼（ムックセレクト） 加治木 義博 著 ロングセラーズ 1992年
真説日本誕生・卑弥呼を攻めた神武天皇（ムックセレクト） 加治木 義博 著 ロングセラーズ 1992年
真説日本誕生・謎の天孫降臨と大和朝廷の秘密（ムックセレクト） 加治木 義博 著 ロングセラーズ 1995年
光の箱舟――2013：超時空への旅 半田 広宣・砂子 岳彦 著 徳間書店 2001年
2013：人類が神を見る日 アドバンスト・エディション（超知ライブラリー サイエンス） 半田 広宣 著 徳間書店（再版） 2008年
2013：シリウス革命――精神世界、ニューサイエンスを超えた21世紀の宇宙論（コスモロジー） 半田 広宣 著 たま出版 1999年
邪馬台国の真実――卑弥呼の死と大和朝廷の成立前夜 安本 美典 著 PHP研究所 1997年
邪馬台国への道（徳間文庫） 安本 美典 著 徳間書店 1990年
検証・新解釈・新説で魏志倭人伝の全文を読み解く‐卑弥呼は熊本にいた！‐（ワニプラス） 伊藤 雅文 著 ワニブックス 2023年

邪馬台国は熊本にあった！～「魏志倭人伝」後世改ざん説で見える邪馬台国～（扶桑社新書）　扶桑社　伊藤 雅文 著　２０１６年
南海の邪馬台国――検証された〝海上の道〟　木村 政昭 著　徳間書店　１９９２年
ムー大陸は琉球にあった！――深海底調査でわかった〝巨大陥没〟の真実　木村 政昭 著　徳間書店　１９９１年
超古代日本語が地球共通語だった！――岩刻文字（ペトログラフ）が明かした古代〝ワン・ワールド〟の謎　吉田 信啓 著　徳間書店　１９９１年
精霊の王　中沢 新一 著　講談社　２００３年
日本が創った超古代中国文明の謎――秦始皇帝・徐福と太古日本の世界王朝を探る（Rakuda Books）　幸 沙代子 著　日本文芸社　１９９５年
真 地球の歴史――波動の法則II　足立 育朗 著　ＰＨＰ研究所　１９９８年
神頌 契丹古伝　浜名寛祐 著　八幡書店（新装改訂版）　２００１年
古代の宇宙船ヴィマーナ（超古代史の謎シリーズ）　遠藤 昭則 著　中央アート出版社　１９９８年
エメラルドタブレット　アトランティス人トート 著　Ｍ・ドリール博士 編　林 鐵造 訳　霞ケ関書房　１９８０年
プリズム・オブ・リラ――銀河系宇宙種族の起源を求めて　リサ ロイヤル／キース プリースト 共著　星名 一美 訳　ネオデルフィ（新版）　２００４年
宇宙人遭遇への扉――人類の進化を導くプレアデスからのメッセージ　リサ・ロイヤル／キース・プリースト 共著　星名一美 編訳　ネオデルフィ　２００６年
電気的宇宙論〈１〉銀河、恒星、惑星の進化を書き換えるプラズマ・サイエンス　ウォレス・ソーンヒル／デヴィッド・タルボット 共著
小沢 元彦 翻訳　徳間書店　２００９年
大和誕生と水銀 土ぐもの語る古代史の光と影　田中 八郎 著　彩流社　２００４年
大和誕生と神々――三輪山のむかしばなし　田中 八郎 著　彩流社　１９９６年
天皇家とユダヤ人　篠原 央憲 著　光風社出版　１９８２年
完訳 日月神示　岡本 天明 著　中矢 伸一（読み手）　ヒカルランド　２０１１年
竹内文書――世界を一つにする地球最古の聖典（５次元文庫）　高坂 和導 著　徳間書店　２００８年
超図解 竹内文書II 天翔ける世界天皇（スメラミコト）甦るミロク維新とは何か（超知ライブラリー）　高坂 和導 著　徳間書店　１９９５年
「卑弥呼王朝」の全貌　松重 楊江 著　たま出版　２０１１年
倭人のルーツの謎を追う　松重 楊江 著　たま出版　２００９年

日本神話と古代史の真実　松重 楊江 著　たま出版　２０１０年
古神道の本――甦る太古神と秘教霊学の全貌（NEW SIGHT MOOK Books Esoterica 10）　学研プラス　１９９４年
完全ファイルＵＦＯ＆プラズマ兵器 友好的エイリアンvsシークレット・ガバメントの地球（超知ライブラリー）　飛鳥 昭雄 著　徳間書店　２００５年
謎の根元聖典：先代旧事本紀大成経（超知ライブラリー００６）　後藤 隆 著　徳間書店　２００４年
淡路ユダヤの「シオンの山」が七度目《地球大立て替え》のメイン舞台になる！　魚谷 佳代 著　ヒカルランド　２０１４年
真説 日本古代史　武光 誠 著　ＰＨＰ研究所　２０１３年
神道の神秘――古神道の思想と行法　山蔭 基央 著　春秋社（新装版）　２０１０年
古神道入門――吾郷清彦・松本道弘・深見東州鼎談集　吾郷 清彦・深見 東州・松本 道弘 著　たちばな出版　２０００年
正統竹内文書の日本史「超」アンダーグラウンド③ 巫女（みこ）・審神者（さにわ）・神霊界・神代文字・光通信網
秋山眞人・竹内睦泰・布施泰和 著　ヒカルランド　２０１２年
明らかにされた神武以前――日本民族！その源流と潜在意識　山本 健造 著　飛騨福来心理学研究所　１９９２年
神話に隠されている日本創世の真実　関 裕二 著　文芸社　２００５年
フラワー・オブ・ライフ――古代神聖幾何学の秘密（第１巻）　ドランヴァロ・メルキゼデク 著　脇坂 りん 訳　ナチュラルスピリット　２００１年
フラワー・オブ・ライフ――古代神聖幾何学の秘密（第２巻）　ドランヴァロ・メルキゼデク 著　紫上 はとる 訳　ナチュラルスピリット　２００５年
アシュタール 宇宙の真実77のディスクロージャー　ミナミＡアシュタール 著　破・常識屋出版　２０２２年
黄金と生命――時間と練金の人類史　鶴岡 真弓 著　講談社　２００７年
薔薇十字仏教――秘められた西方への流れ　西川 隆範 著　国書刊行会　１９９８年
日本人の正体――大王たちのまほろば　林 順治 著　三五館　２０１０年
［正釈］日月神示――宇宙の直流 火水土の異変＝正なる神の声に耳かたむけよ（超知ライブラリー）　中矢 伸一 著　徳間書店　１９９５年
［ＵＦＯ宇宙人アセンション］真実への完全ガイド　浅川 嘉富・ペトル ホボット 著　ヒカルランド　２０１０年
アトランティスの叡智（超知ライブラリー５）　ゲリー・ボーネル 著　大野 百合子 訳　徳間書店　２００４年
［隠国日本版］神々の指紋〈上〉秘密結社ヤタガラスと太陽の暗号　藤原 定明 著　ヒカルランド　２０１１年

〔隠国日本版〕神々の指紋〈下〉岩戸開き「地球再生」と星の暗号　藤原 定明 著　ヒカルランド　2011年
消えたシュメール人の謎――新・日本人起源説（古代史の超深層Best Selection）　岩田 明 著　徳間書店　1993年
【隠された】十字架の国・日本――逆説の古代史　ケン・ジョセフ／シニア&ジュニア 著　徳間書店　2000年
複製された神の遺伝子――科学が謎解くイエスの本質　戸来 優次 著　同朋舎　1999年
天の日本古代史研究　八切 止夫 著　作品社　2004年
まんじゅう屋繁盛記　塩瀬の650年　川島 英子 著　岩波書店　2006年
ガイアの法則〔Ⅰ〕日本中枢〔135度文明〕への超転換　千賀 一生 著　ヒカルランド　2012年
ガイアの法則〔Ⅱ〕中枢日本人は〔アメノウズメ〕の体現者となる　千賀 一生 著　ヒカルランド　2012年
時を超える聖伝説――いま明かされる人類の魂の歴史／創世・レムリア・アトランティス 新しい次元へ
ボブ フィックス 著　下山 恵理菜 訳　三雅　2002年
カラ族の文字でめざせ！世紀の大発見 カラ族とは原日本人！太古の地球を平和に治めた神々だった!!（日本発☆秘宝「超」発見）
日本学術探検協会 編著　髙橋良典 監修　ヒカルランド　2012年
最後のムー大陸「日本」――失われた楽園の正体とは？　神衣 志奉 著　中央アート出版社　1998年
飛騨の霊峰 位山　都竹 昭雄 著　今日の話題社（新版）　2009年
世界文明の玉手箱《沖縄》から飛び出す 日本史〔超〕どんでん返し 琉球は「ヘブライ」なり「平家」なり「マヤ・インカ」なり
飛鳥 昭雄・宝玉麗・島 茂人 著　ヒカルランド　2014年
続 日本史「超」どんでん返し 沈んだ大陸スンダランドからオキナワへ この民族大移動を成功させた《天つ族》こそ、日本人のルーツ！
大宜見 猛 著　飛鳥 昭雄 監修　ヒカルランド　2014年
アンデスに封印されたムー・レムリアの超秘密（5次元文庫）　ジョージ・ハント・ウィリアムソン 著　坂本 貢一 訳　徳間書店　2010年

〈著者紹介〉

山田光美（やまだ・みつよし）

シウカラ

2024年2月16日　第1刷発行

著　者　　山田光美
発行人　　久保田貴幸

発行元　　株式会社 幻冬舎メディアコンサルティング
〒151-0051　東京都渋谷区千駄ヶ谷4-9-7
電話　03-5411-6440（編集）

発売元　　株式会社 幻冬舎
〒151-0051　東京都渋谷区千駄ヶ谷4-9-7
電話　03-5411-6222（営業）

印刷・製本　中央精版印刷株式会社
装　丁　　弓田和則

検印廃止

Printed in Japan
ISBN 978-4-344-94658-3 C0093
幻冬舎メディアコンサルティングＨＰ
https://www.gentosha-mc.com/